大家小书

水泊梁山英雄谱

孟超 著
张光宇 绘

北京出版集团公司
北京出版社

图书在版编目（CIP）数据

水泊梁山英雄谱 / 孟超著；张光宇绘．— 北京：北京出版社，2016．7
（大家小书）
ISBN 978-7-200-12052-3

Ⅰ．①水… Ⅱ．①孟… ②张… Ⅲ．①《水浒》研究—人物研究 Ⅳ．①I207.412

中国版本图书馆CIP数据核字（2016）第065338号

总策划：安　东　高立志　　责任编辑：司徒剑萍

· 大家小书 ·

水泊梁山英雄谱

SHUIPO LIANGSHAN YINGXIONG PU

孟超　著　张光宇　绘

*

北京出版集团公司 / 北京出版社 出版

（北京北三环中路6号　邮政编码：100120）

网　址：www.bph.com.cn

北京出版集团公司总发行

新华书店经销

北京华联印刷有限公司印刷

*

880毫米×1230毫米　32开本　6.875印张　116千字

2016年7月第1版　2018年5月第3次印刷

ISBN 978-7-200-12052-3

定价：32.00元

质量监督电话：010-58572393

序　言

袁行霈

“大家小书”，是一个很俏皮的名称。此所谓“大家”，包括两方面的含义：一、书的作者是大家；二、书是写给大家看的，是大家的读物。所谓“小书”者，只是就其篇幅而言，篇幅显得小一些罢了。若论学术性则不但不轻，有些倒是相当重。其实，篇幅大小也是相对的，一部书十万字，在今天的印刷条件下，似乎算小书，若在老子、孔子的时代，又何尝就小呢？

编辑这套丛书，有一个用意就是节省读者的时间，让读者在较短的时间内获得较多的知识。在信息爆炸的时代，人们要学的东西太多了。补习，遂成为经常的需要。如果不善于补习，东抓一把，西抓一把，今天补这，明天补那，效果未必很好。如果把读书当成吃补药，还会失去读书时应有的那份从容和快乐。这套丛书每本的篇幅都小，读者即使细细地阅读慢慢地体味，也花不了多少时间，可以充分享受读书的乐趣。如果把它们当成补药来吃也行，剂量小，吃起来方便，消化起来也容易。

我们还有一个用意，就是想做一点文化积累的工作。把那些经过时间考验的、读者认同的著作，搜集到一起印刷出版，使之不至于泯没。有些书曾经畅销一时，但现在已经不容易得到；有些书当时或许没有引起很多人注意，但时间证明它们价值不菲。这两类书都需要挖掘出来，让它们重现光芒。科技类的图书偏重实用，一过时就不会有太多读者了，除了研究科技史的人还要用到之外。人文科学则不然，有许多书是常读常新的。然而，这套丛书也不都是旧书的重版，我们也想请一些著名的学者新写一些学术性和普及性兼备的小书，以满足读者日益增长的需求。

“大家小书”的开本不大，读者可以揣进衣兜里，随时随地掏出来读上几页。在路边等人的时候，在排队买戏票的时候，在车上、在公园里，都可以读。这样的读者多了，会为社会增添一些文化的色彩和学习的气氛，岂不是一件好事吗？

“大家小书”出版在即，出版社同志命我撰序说明原委。既然这套丛书标示书之小，序言当然也应以短小为宜。该说的都说了，就此搁笔吧。

《水泊梁山英雄谱》序

王　平

《水泊梁山英雄谱》是一本图文并茂的小书，创作于20世纪抗战期间，而出版时已经是新中国成立之时了。之所以如此，聂绀弩先生1984年为本书所写序言说得很明白：“我以为这本小书倒真是借古喻今的。这书歌颂水泊梁山，其实是歌颂延安，以梁山喻延安，抗战期间蒋区写杂文的人，常用此法。所以此稿，久不能卖出，也没有书店敢出版。”“借古喻今”，或许稍嫌直露，但骨子里确实灌注着此种精神，独到见解由之而出，也正是本书价值所在。

对一部文学作品进行诠释，诠释者的价值取向具有举足轻重的作用。由于诠释者的价值取向不同，对于同一部作品，往往会得出截然相反的结论。《水浒传》诠释中的价值取向亦复如是。将梁山好汉称为英雄，古已有之。明末崇祯年间，书商曾将《水浒传》、《三国演义》合为一刻，名之《英雄谱》。

卷首杨明琅所撰序言便极力称赞梁山众人为英雄，认为朝廷无圣君贤相，才使他们或“不遇其时”，或“不遇其地”，否则就像历代英雄一样，可以名垂史册。明末著名思想家李贽特别肯定宋江的“忠义”：“独宋公明者，身居水浒之中，心在朝廷之上：一意招安，专图报国；卒至于犯大难，成大功，服毒自缢，同死而不辞，则忠义之烈也！真足以服一百单八人者之心，故能结义梁山，为一百单八人之主。”宋江之所以接受招安是为了“报国”，即使最后被毒死，也成为视死如归、大忠大义的壮烈之举。可见李贽把“报国”作为忠义的最高准则，宋江等梁山好汉一心为国，所以他们自然而然成为忠义英雄的化身。

明人认为是“忠义”之作，清人则认为是“诲盗”之作；明人对宋江称赏有加，清人则对之深恶痛绝。仅仅几十年之后的金圣叹，态度就发生了巨变，他在《读第五才子书法》中曾断言：“《水浒传》有大段正经处，只是把宋江深恶痛绝，使人见之，真有犬彘不食之恨。”“《水浒传》独恶宋江，亦是歼厥渠魁之意，其余便饶恕了。”出于这一判断，他在回评中处处揭露宋江的虚伪可恶，认为宋江及梁山众人都是“群丑”、“强盗”。

金圣叹的观点应当从现实社会政治中去寻找依据。早在20

世纪20年代胡适曾讨论过这一问题，他说：“圣叹最爱谈‘作史笔法’，他却不幸没有历史的眼光，他不知道《水浒传》的故事乃是四百年来老百姓与文人发挥一肚皮宿怨的地方。宋、元人借这故事发挥他们的宿怨，故把一座强盗山寨变成替天行道的机关。明初人借他发挥宿怨，故写宋江等平四寇立大功之后反被政府陷害谋死。明朝中叶的人——所谓施耐庵——借他发挥他的一肚皮宿怨，故削去招安以后的事，做成一部纯粹反抗政府的书。”[①] 我以为，本书作者同样如此，《水浒传》中的人物故事成为本书作者“借古喻今”的绝好素材。

说到梁山好汉，不能不提宋江，本书第一篇便是“呼保义及时雨宋江”。与金圣叹截然相反，本书对宋江的“义”给予了充分肯定：“行的是光明磊落的杀官劫库，走的是堂堂正正的除暴济贫，这不就是梁山泊的伟大的精神吗？”但对“招安”，本书又表示了遗憾之情：“造反要造到底，这是天经地义……坐在第一把交椅上的宋公明，可也不见得多么坚强……而金圣叹又断定了他的少不了一场噩梦，这就不能不使人对宋大哥感到遗憾了！”

---

① 胡适:《水浒传考证》，见胡适《中国章回小说考证》，安徽教育出版社1999年版，第43页。

本书的二十九篇短文，共评论了三十四位梁山好汉。让人感到有趣的是，作者并未按照天罡地煞的顺序来编排。在梁山的两位主要头领宋江、卢俊义之后，不是智多星吴用，却是排在地煞星倒数第三位的白日鼠白胜。白胜在《水浒传》中最闪光之处是他参与了“智取生辰纲”，本书作者正是看中了他的这一举动，挖掘出了其象征意义：“从老百姓身上搜刮来的，归还到老百姓的手里，‘倒也！倒也！’说在七个人口里，蕴蓄在他的心头，由他下了这次手，完成了这场扬眉吐气的快事……别看这逼得没有出路的闲汉一动手，也就是豪门势家垮台倒灶的开始，黄泥岗上劫了十一担生辰纲，也不过是一个象征而已。”这种评价、这种态度，鲜明地带有那个时代的烙印。

与白胜不同，关胜、呼延灼、柴进、花荣、杨志等，或为名将之后，或为朝廷将领，他们之上梁山很大程度上是小说家为凑足一百单八将的数目而已，有的描写还算生动，如花荣、杨志，有些人物则难免带有概念化倾向，缺少生机，其中关胜最为典型。本书评论道：“水泊梁山的一百零八位头领，几乎每一个都是生龙活虎，神采奕奕，各有他独具的性格，各有他特长的本领；只有大刀关胜，别看他大刀片玩得也颇精彩，可是从《水浒传》所看到他的风貌，只是阴森森，冰冷冷，死板板，只像一个泥塑的、木雕的神像，庄严固然庄严已极，可惜缺乏了活生生的神气，只剩下空架儿。”尤其是关胜的座右铭“君知我报君，友知我报友”，大有“待价而沽”之意，谁对他好，他就投靠谁，这就丧失了基本的原则。

武松是人们心目中了不起的英雄，但在本书中却放在了最后。且看本书对他的“新赞”：“打虎英雄，杀嫂好汉。十字坡上——没做孙二娘的馒头馅，快活林中——却成了打手，做了金眼彪抢码头的把掌片。呜呼，英雄谱上，这是武二郎的真实的‘颂赞’！”在本书作者看来，武松头脑中“还包含了封建的伦理观念，封建的道德观念。这些芜草瑕斑，限制了他的英雄的气概，蒙蔽了他的淳朴爽朗”。从武松杀嫂、夺取快活林等事实来看，“在梁山泊不但算不了最出色的好汉头儿，那比起了天真朴质农民性格的李逵，豪迈无私湖海英气的鲁智深，一生浸淫在悲剧生涯中的林冲，固不如多多了；即阮氏三雄、刘唐辈之具有痛恨官府，同情弱小，亦有天渊之别”。接着作者分析了武松性格形成的原因，指出武松身上的伦理道德观念源于文人士大夫对说书评话的改造。这一独到见解值得我们深思。

本书在初版三十余年后的1984年曾经再版过，聂绀弩和张仃两位先生分别撰写了序言。至今又过去了将近三十年，北京出版社计划将其作为“大家小书”的一种再次出版，并邀请我的老师袁世硕先生撰写序言。袁先生将这一任务交给了我，我自然义不容辞。尽管自己的学养难以胜任，但我想这其中多少也带有学术传承的含义。《水浒传》理应得到世代学人的关注，因此就冒昧地应承下来。本书插图出自著名画家张光宇先生手笔。对于绘画，我是外行，只感到这些人物绘画既有传统的浸染，又带有画家的个性。简练而不失生动，粗犷而兼有细腻。有的可以说栩栩如生，呼之欲出。好在张仃先生已有序言作了极好的评述，读者也有自己鉴赏的眼光，笔者就不再赘言了。想要说的话很多，但“大家小书”本身即以小取胜，因此只能“含不尽之意见于言外”了。不妥之处，恳请广大读者批评指正。

2012年12月24日

目 录

001 / 怀孟超
——作为《水泊梁山英雄谱》的序
007 / 《水泊梁山英雄谱》序
013 / 呼保义及时雨宋江
021 / 玉麒麟卢俊义
027 / 白日鼠白胜
033 / 阮氏三雄：立地太岁阮小二、短命二郎阮小五、活阎罗阮小七
039 / 大刀关胜
045 / 浪子燕青
051 / 花和尚鲁智深
057 / 圣手书生萧让
063 / 鼓上蚤时迁
069 / 赤发鬼刘唐

075 / 一丈青扈三娘
081 / 豹子头林冲
087 / 双鞭呼延灼
093 / 小旋风柴进
099 / 小李广花荣
105 / 黑旋风李逵
113 / 铁臂膊蔡福、一枝花蔡庆
119 / 玉臂匠金大坚
125 / 青面兽杨志
131 / 智多星吴用
137 / 金眼彪施恩
143 / 美髯公朱仝、插翅虎雷横
149 / 母夜叉孙二娘
155 / 金毛犬段景住、险道神郁保四

161 / 入云龙公孙胜
167 / 扑天雕李应
173 / 铁叫子乐和
179 / 拼命三郎石秀
185 / 行者武松

怀孟超

——作为《水泊梁山英雄谱》的序

孟超，你到哪里去了呢！

四十年前，咱们五人同在桂林编一个小小的杂文刊物《野草》。其实是刚露头角的秦似挂帅，他每“升帐”，除了前面还有两名大将之外，轮到你我“起霸”。咱俩做完规定的功架，把手一拱：“俺（假定秦似是诸葛武侯的话）一龙骧将军关兴”；“俺一虎贲将军张苞。”其威风不下于包大人的王朝、马汉。然后大家一齐说：“各位将军请了！丞相升帐，你我两厢伺候！”虽不必真这样做，只在想象里闪过一下，不也很有趣吗？何况秦似一“升帐”，好事就来了。他把提包往广东酒家或老正兴的餐桌上一搁，大家坐下来点了菜，一面喝酒，一面听他编这一期《野草》的经过的报告，有问题就讨论，有特殊文章就传观。但最可人意的是老正兴的煎糟鱼和咸菜炒百叶，至今未忘。真不枉起了一回霸。

孟超给我的第一个印象是穷。他有一个夫人、两个女儿，也许还有别的，但这已经够了。四口之家，不知有什么固定收入，要是没有，他一定是穷的。常听说孟超家里断炊了。也不知谁挽了他一把，这些我都未参与。虽说我比孟超是从地上滚芦席上，高一篾片儿，不，我比他好得多。对孟超来说，我关心他很差。

第二，他瘦。那时似乎没有更瘦的人了，可是精神抖擞，一天这里那里跑，不停，也不知跑什么。“孟超，你的精神真好！”“精神不死，哈哈，精神不死！”

第三，他好说话，无论何时碰见他，他一定是在说话，以压倒别人的气势在说话。东胜神洲，南赡部洲，宇宙之大，苍蝇之微，说得眉飞色舞，口沫四溅。刚一停声，就不知他到哪里去了，他还得到处去跑呵！

第四，不说也知道，他会写文章。他的会写文章和别人似有不同。即，他几乎什么时候都不要写文章，也没有文章可写，得不写时就不写。他的文章都是人要出来的。人们常说文章是逼出来的，他不必逼。老孟，给我们写篇文章吧，三千字，什么题目，哪天几点钟要。一定准时交卷，其他条件八九不离十！这一点他和我不同。我怕出题，怕应考。他不怕，他似乎天天在拍胸：“你们出题目吧，要考尽管考吧！我是来专门应考的！”于是只要手里有管笔，笔下有张纸，屁股下面有张凳子，他的文章就来了！不来怎么办呢，在抗日战争期间，四五口人要饭吃，在我们这些所谓文化人，不是小事啊！孟超，说句对亡友不敬的话，孟超似乎不相信世上有什么东西，需要坐两三年来研究的，顶多两三个晚上！但是谁不是如此！所谓文化城里的我们这些文化人又谁是真有什么文化的！我看，五个《野草》编辑中，云彬读书最多。但他写的文章最少。我有时写了文章怕给他看，怕已有人说过，怕他心里想，这种陈词滥调，不是瞎胡闹吗？可见有学问也有它的短处。孟超会写文章，谁知道呢，谁知几十年之后，全国解放多少年后，大家有饭吃了以后，竟以会写文章而死！

解放后，很久没有见到孟超，也忘记了他在哪里工作。不知哪一年（总是反右之前）忽然在王府井碰着他了，他一定要拉我去喝咖啡。喝时，他说，应该有个像《野草》那样的刊物，说得头头是道。我以为他太天真，《野草》的时代过去了，搞得不好，还会讨一场没趣的。我们相约各向有关领导方面去摸底，摸的结果，大家明白，并未出现什么“野草”或“家草”似的杂文刊物。

不知又过了多少年，忽然听说孟超写了一个了不起的剧本《李慧娘》，非常卖座。我正在高兴，坐在家里等他送票来，谁知风向一转，他是“写鬼戏者”，“借古喻今者”，不知还是什么者。他要扯碎原稿也来不及，说不是他写的也不行了。转来转去，不知过了多少时候，说是他——谁信，又谁能不信，又岂止孟超一人——说是他，因为写了一个轰动一时的剧本《李慧娘》而辗转死了！我的朋友孟超，我岂不知，他知道什么李慧娘？知道什么词曲？不过积习难除：“老孟，替我们写个剧本《李慧娘》吧！”“多少字，几天要？”于是回家坐了三夜凳子，动笔写起来！谁知这回——又谁不知这回……

《水泊梁山英雄谱》二十九篇陈稿，是孟超于解放时出版的一本小书。他的《李慧娘》，有人说是“借古喻今”，我以为这本小书倒真是借古喻今的。这书歌颂水泊梁山，其实是歌颂延安，以梁山喻延安，抗战期间蒋区写杂文的人，常用此法。所以此稿，久不能卖出，也没有书店敢出版。这书有些很好、很有远见的议论，例如：解放后人说宋江是什么派，孟超早把它写入关于宋江的议论中了。这书以白日鼠白胜居第三名，主要的恐是因白胜是《水浒》中第一个造成某些人的“倒也、倒也”！借以向蒋朝说：“你们倒也、倒也！”这书还有很有意义的取舍，如有扈三娘没王矮虎，有孙二娘没张青，有石秀没杨雄，有三阮没二张（横、顺）。名次也很奇特，白胜第三，远在鲁达、林冲、杨志等人之前，而以武松为殿。以武居末，恐是反金圣叹的，书中反金很多。金圣叹从封建伦理道德尊武松为“天人”，孟超从反封建观点视之为土芥。《金毛犬段景住，险道神郁保四》同赞：“山寨之起码角色，亦不可少之人物欤？”随手一挥，便成卓见。真的，不有人起霸，谁还升帐呢？既有人升帐总要人起霸的！孟超往矣，秦似下次来京，见此相与一笑，不亦乐乎！

此序。

1984 年 4 月 4 日于北京

聂绀弩

《水泊梁山英雄谱》序

《水泊梁山英雄谱》，孟超文、光宇画。二次大战期间，在香港连续发表的。当时我在延安，没有看到，解放后，听光宇谈起过，仍未见画。一直到光宇逝世后，才看到经过辗转二三次的复印本，或根据复印的模写本。虽然图像模糊，比原稿大为减色，但线条骨架，精神气韵，仍极动人，所以久久不能忘怀。

如今，孟超、光宇，均已不在人世。

孟超也是相识的。十年动乱中，因为写鬼戏，遭“四人帮”迫害，他的文采，众所周知，不须多赘了。光宇的画，我还要说几句。因为我们是同行。

光宇1900年生，1964年逝，享年六十四岁。

在逝去的故人中，人与作品最令我不能忘怀的就是光宇了。——他逝去二十年，恍如昨日。一方面感到他不在，生活中失去了极为重要的一个砝码，一个合成因素，无论是：友情、艺术、事业……意识到失去的是真实的，无法弥补的。另一方面，光宇又似一直存在，他与他的艺术影响，一直在起作用，有如陈酒，愈久而愈醇，活在人们的心中，不再是句虚话了。

因之，光宇之在与不在，总有些迷离恍惚。

我与光宇是忘年交，我们相差近二十岁，三十年代，他正当壮年，意气风发，他是一个成熟的画家，编辑，我还是一个初出茅庐的投稿者。

后来，几十年相处，一起工作，亦师亦友。而师是主导方面。因此，我谈他的艺术，可能有偏爱。——对艺术，如没有偏爱，也就没有风格，没有特色，没有流派等等了。我尽量避免以偏代全。好在这不是对光宇的艺术作全面鉴定，这只是一家言耳！

《水泊梁山英雄谱》，我以为它将在中国插图史上，占有光辉的一页。

我先说说画梁山英雄的难处。自从《水浒》传世以来，特别是明清两代，可说家喻户晓，男女老少，各行各业，各阶层，每人心中都有一个武松，都有一个李逵和石秀等等。作者如没有丰富的生活经历，高度的艺术修养，就满足不了读者的审美要求。此其一。第二，自小说广泛流传以来，绣像插图版本，不胜统计。戏剧、绘画、电影以及工艺品等等，各方面的艺术工作者，都为水浒英雄创造形象。其中有明陈老莲的《水浒叶子图像》等优秀作品，也有质量很低的市井作品。不论好坏，都在人们心目中留下了印象。第三，我国历史悠久，画历史画有极大难处。宋距今六百余年，关于风俗习惯、服装道具等等，都无法找到可靠材料，因为文人画抒写性灵，脱离现实生活。山西的元代壁画和宋的几块画像砖，反映了宋人生活，但只是凤毛麟角。直到解放后，河南出土的宋墓，才有几块反映当时上层生活的壁画。最近才出现了几本服装史之类的工具书。

从事美术专业的人，都知画历史插图，宋比唐还要困难些，因为唐代人物画发达，传世的东西比宋代要丰富得多。

光宇画的梁山英雄谱好在哪里呢?

我以为，孟超文，光宇画，都是“故事新编”性质。如果用学究式的考据家态度来吹求，那是经不住推敲的，但是，在艺术上是成功的，在艺术形象上，是令人信服的，正如鲁迅先生笔下的《故事新编》中所塑造的人物。

光宇人物形象的刻画，有大量的生活积累，对各阶层的动态有过深刻的观察，否则达不到典型化。他的军师吴用，不同于诸葛亮，而装神弄鬼呼风唤雨的公孙胜，又与智多星有别，大刀关胜，也不能抄袭关云长的外形，但也需略有相似之处，人们所熟知的一批英雄形象，都塑造得极为成功，如武松、石秀、李逵、鲁智深；武松与石秀是两种气质的武生，李逵与鲁智深又是两种类型的黑头。都未曾借助于戏剧脸谱，而是来自现在生活中的真实形象。恰恰是借助了光宇自己的漫画才能，进行了高度的概括与夸张，使形象跃然纸上，呼之欲出！母夜叉和一丈青，都是造反女性，却决然不同，是明清以来，公式化美人的一大突破。宋江、卢俊义都是梁山的头面人物，却看出他们的不同出身，不同气度；一枝花蔡庆，浪子燕青和阮氏三兄弟们，在中国任何小市镇，都是与我们摩肩而过、日夕相逢的人物。其中的服装道具，均出于艺术家的创造，既非明清，亦非汉唐，用光宇自己的话说，是“造谣”，但他的“造谣”，令人信服，这就是艺术上的成功。

这批造型，虽然仍是光宇的装饰手法，但较之于他三十年代的《民间情歌》，珂派的影响少了（墨西哥画家珂佛罗皮斯），民族风格更强烈了。可以看出明绣像插图与木刻年画的影响。当然可以看出艺术家已受现代艺术的洗礼，不再拘泥于传统格局、表现方法，有强烈的生活气息。

光宇的梁山英雄谱，有传统，也有生活，在四十年代具体历史条件下，既有写实主义，又有浪漫主义，这是一部难得的历史肖像画。

如今美术、戏剧、电影、电视等等，都在重视历史题材，光宇创作的这本册子，对各行各业的艺术劳动者，都会得到有益的借鉴。

1984年春于北京

张　仃

呼保义及时雨宋江

新 赞

呼保义，宋公明，
梁山泊，聚英雄。
不曾另立朝和廷，
幻梦只合变噩梦！

宋江，表字公明，排行第三。祖居郓城县宋家庄。面黑身矮，人都唤他做“黑宋江”；又因性孝，在江湖上仗义疏财，又称“孝义黑三郎”。父亲宋太公，母亲早故，兄弟是铁扇子宋清。他在郓城县充当押司，更爱习枪棒，好济人急困，山东、河南各地豪杰闻名，把他比成能救万物应时天雨，尊称他叫“及时雨”。晁盖等七人义劫生辰纲之后，济州府派了何涛到县投文缉捕，他稳住了何涛，亲往东溪村，私放了晁盖。后因外室阎婆惜与张文远有了私情，扣留了晁盖给他的书信，以出首相挟，乃杀了婆惜，先后投奔柴进、孔明、孔亮和清风寨花荣。因为在清风山曾为刘高娘子向王英说情，后来，在夜看小鳌山时反被刘高娘子诬陷被捉，幸由花荣救出，闹了清风寨，拟去梁山，路遇石勇寄书，误传父丧，潜回宋家庄，被捕，刺配江州。酒醉浔阳楼，吟出反诗，又被判谋反，押赴市曹斩首；晁盖等人闻信，闹了江州，大劫法场。于白龙港聚义，智取了无为军，遂上梁山。后因归家认父，又遭追捕，在避入还道村玄女庙时，得受天书三卷。晁盖曾头市中箭身死，便坐了第一把交椅，打出了“替天行道”的旗帜，成了梁山泊总兵都头领。

论梁山泊的英雄，提纲挈领，自应从及时雨宋公明说起。可是梁山泊的创立基业，并不是从他开始，在他之前早有王伦、杜迁、宋万、朱贵等建栅立寨，作了斩荆披棘的前导；而作为《水浒传》里第一个大关键的义劫生辰纲，这样轰轰烈烈的大事业的开端，是由赤发鬼刘唐起意报信，晁盖等七条好汉撞筹聚义，也没有他的份；那时候他还在郓城县里，司押公文，替着官家当差做事，也许他希望的只是平平稳稳做一个吃衙门饭的公役而已，决不曾想到自己以后会走向了山寨，入了大盘吃肉、大块分金的群伙的，这原因固然由于当时的赵官家的天下上上下下都横暴残酷，逼得不反的人也作了反；而他本身也实在是有了一个“作乱”“造反”的胚苗，慢慢地发展下去，便与山泊的弟兄们的胸襟得到了契合。这胚苗不是别的，就是他的作为和别人称赞的那个“义”字！

什么叫做“义”，正统的奴才道德家们自然也拿了这个法宝作为愚民的工具，但如果从宋江身上看，他心目中的“义”确是有尺寸有分量的。按说一个吃衙门饭的人，很便当的是沿着这根线儿向上爬，婢膝奴颜地侍候上司，做着作恶害民的官家帮凶，在《水浒传》中也有不少的实例，如董超、薛霸、何涛、陆谦都是这类的人；但宋江却大大的不同，说他好交结江湖好汉，不曾说他好巴结豪家阔人！说他好赒人之急，扶人之困，也更不是对有财有力的趋炎附势。这也就是说他的心里和穷者弱者打成了一片，从这个出发点上，进一步才能归到谁该帮助，谁该反对，活不下去应该走什么路，害民殃民的官府势家应该怎样摆布，行的是光明磊落的杀官劫库，走的是堂堂正正的锄暴济贫，这不就是梁山泊的伟大的精神吗？由这方面去理解宋江，就知道他之私放晁盖，并不是简单因为和他有什么交情，而是因为晁盖劫了梁中书从人民身上劫夺剥削来的生辰礼物，做出了这反抗贪官污吏的义举的，书上分明地说“晁盖是他心腹弟兄”，就是大书特书地指出他们是心意相通的，不过他当时还因为官身不得自由，没曾逼到那一步，而未曾撞筹聚义罢了。

自然，在他的义念之下，不止是对于晁盖一人，江湖上称他做“及时雨”绝不是偶然的；所以他也帮助过流落丧父、无钱为葬的阎婆惜。对于他之杀阎婆惜一事，我们不能单从妇女观点上去理解，由于帮助而成了外室，说在当时社会所限，宋公明亦未能免俗则可；但绝不是乘人之危，借图奸骗。阎婆惜爱上了年轻后生张文远，宋江已有自知之明，再不踏到乌龙院去，已是实证，谁叫师徒之间，在阎婆惜眼里张三郎的地位不如宋三郎，便死拖活拉拉了家去；我想如果不是阎婆惜死抓了晁盖书信，做了把柄，我想他也不会轻易置之于死地；别管各人有各人的打算，老实说，阎婆惜口口声声要报官，事实上脚步是已经站在了官府一面，那又如何地在心急与梁山沟通的宋江刀下相容呢，杀阎婆惜的主要关键自然还在这里，而不单是杀害一个弱女子的问题而已！

他因为阎婆惜一案，才东走西奔，辗转地寄身在柴进府上，寄身在孔太公庄，寄身在清平寨花荣处，一直到回家省亲，一直到刺配江州。这中间，不但认识了不少的江湖英雄，更认识了刘高、刘高婆娘、蔡九知府、黄文炳之流的阴险凶狠的面孔，使他一步一步地愈和梁山泊精神接合起来。可是，他虽然丢了衙门饭碗，虽然已是飘泊无家，到底还没有走上最后的绝境，所以他不肯留在清风山，也还没有决然地上梁山的心意。我们知道从一个公役人的地位转到一个落草为“寇”的地位，不是那么容易的事。宋江不是一个天生的水泊寨主，这些层次与波折是免不了的；也正因为这样，使他更清楚更明白地慢慢地知道了不做赵官家的帮凶奴才，便只有一条路好走，浔阳楼题反诗，即使不在醉中，举世茫茫，又怎能使他压得住潜藏在心底的不平之感呢？“血染浔阳江口”，因为那里——自然不只那里，是有他看不上眼的世态丑恶，使他遏止不下胸中的郁积。在赵官家还穷极凶狠的时候，他敢于以黄巢为做人的标准，且尚以为未足，不是说明他的狂妄大胆，而是他心目中另有一种想法，足以掀起了更大反抗的狂流，这时，他身虽不在梁山，而志已早到山顶了。

玄女庙受三卷天书，这不免是神话，然而，陈涉起义，狐鸣篝火，拿今天的眼光去看，自然是骗人，但对落后的老百姓，这种迷信的利用，足以振奋人心，足以齐一步调；自古帝王应世，官史上总少不了几笔祥瑞异兆的点染，如果说只准帝

王骗人，不许反抗者造谎，这怕还是正统思想作祟；而况，这样的手段，对反抗者是有利而无害的，又何足深责呢？

宋江为什么能坐了梁山泊第一把交椅，我们不能忽略了他的义行之外，还是梁山泊好汉的组织者，固然没有宋公明也会有人起来造反，但因为他而梁山上的人才愈加兴盛，是一个事实，并且多是由于他的义气，所感召而来的。同时，攻守战阵，调度有方；水泊大寨，各有司守，各尽其能，各取所需，在他的治功之下，无怪乎后世目之为理想的社会制度，亦并非过分吧。至于“替天行道”，在愚昧者固不妨从字面上理解，而书经“天视自我民视，天听自我民听”早有注脚于前，又何必机械地去看呢？

不过，宋江之为宋江，因为他所存在的社会，他的出身，也就止于此而已。过去论者，金圣叹虽然被异族统治者斫去了脑袋，但他的曲笔处处是对宋江使着恶毒，还不免是公然地为官家立言的，龚圣与三十六人赞中，对他之“不称王称帝，而呼保义”，特加赞许，这恭维怕比辱骂还要恶毒。于此，使我恍然地懂悟到这班文人学士对他倾倒的，原来不在于他的造反，而在于他的不“称帝称王”啊！梁山泊典章文物，军功武备，可称得是规模宏兴，实在比汴梁城的赵官儿高明得多。可是斩草要除根，造反要造到底，这是天经地义，梁山的好汉们来处不同，出身各异，特别是还有不少官儿臣儿的，自然限制了他们的事业，留下了这么一条尾巴，但是那坐在第一把交椅上的宋公明，可也不见得多么坚强，这样就无怪乎龚圣与的称赞变成了讽刺，而金圣叹又断定了他的少不了一场噩梦，这就不能不使人对宋大哥感到遗憾了！

玉麒麟卢俊义

新 赞

卢俊义，卢俊义，
梁山泊上重视你，
不为金钱为能力！

卢俊义，绰号玉麒麟，是有名的河北三绝，祖居北京，家中富有，兼营商业；一身好武艺，棍棒天下无双，人称他做卢大员外。晁盖攻曾头市，中箭身亡，山寨做道场时，僧人大圆向宋江提起此人，乃由吴用带了李逵扮作江湖卜卦道人，到了北京，假借算命在卢俊义墙上留下了反诗，并赚他出外避灾，路经梁山，被迫进寨，酒宴款待，住了月余，家中妻子贾氏与主管李固通奸，等他回家，便出首陷告下狱。柴进入京，用银子打点牢内节级蔡福、蔡庆，减判脊杖四十，刺配三千里。途中公役董超、薛霸正想谋害，却被管家浪子燕青冷箭搭救，却又遭了大名府的捉拿，在判刑处斩时，得石秀跳楼，缓了刑期。但石秀也被捕捉，由吴用用计智取了大名府，救上了梁山，在山寨时活捉了史文恭，坐了忠义堂的第二把交椅，也做了总兵都头领。

照一般的情形去推断，像卢俊义这样的人，是无论如何不会到梁山之上落草为“寇”的，因为他的为人，虽然豪迈，虽然有一身好武艺，虽然棍棒天下无双，可是他家里有的是钱财，做着通南到北的大生意。吴用、李逵去替他算卦的时候，他正在解库厅坐地，看着一班主管收解。他到东岳泰山降香，也要兼做一笔买卖，并且觅了十辆太平车子，要装十辆山东土货。等到经过梁山，又悬起了四面白绢旗，上写着：“慷慨北京卢俊义，金装玉盒来宝地，太平车子不空回，收取此山奇货去。”处处都显出了他那大商巨贾的排场，江湖豪富的口气，按理说，梁山泊是容不得他，而他也实在没有入伙的理由；然而，他终于成了山上的人，而且还坐了第二把交椅，固

然是吴用赚之有道，而其实，还有他本身伏下的许多线索，不是赚来的，到底还是逼来的哩。

就梁山泊之对卢俊义而言，必欲赚之上山，并不因为他有钱，因为他豪富，如果真是为了他的钱财，山脚之下，小李广花荣可以射中他的帽缨，林冲、秦明、呼延灼、徐宁，可以杀得他走投无路。浪里白条张顺可以把他翻下水去，拦腰抱了上来。凭打劫，凭抢夺，卢俊义本领再高再强，也还是猛虎敌不过众人，而况吴用亲为跋涉，设下了埋伏的题诗，安下钓他出京的钓饵，于上山去之后，众头领的轮流请酒，宋江的恳切挽留，吴用再向李固下了暗话，伏下了后来的根儿。可见梁山上对他是殷殷切望的，这原因，固然是为了他武艺超群出众，梁山泊用人之际，有一分热放一分光的时候，只要本领在身，自然不只限于武艺，总是受着优容的，而况河北三绝的卢员外呢？最重要的还是因为他不失为一个光明磊落的大丈夫，不失为一个清白的商贾，不是为富不仁、为富殃民的豪门势家；如若不是这样人物，那些靠剥削小民、鱼肉小民的家伙，梁山泊也没有必欲致之共赴义举的道理。

在卢俊义方面，自然在感情上是拒绝着梁山泊的，因为“财主”与“强盗”两者之间不但距离太远，还是大相悖谬的，所以他到了梁山泊脚下，还想丢了货物，收拾车子装“贼”，把这些“贼首”们解上京师请功受赏，被捉之后，更说出“一身无罪，薄有家私；生为‘大宋’人，死为‘大宋’鬼”的话，从这里看卢俊义似乎真可够得上赵官家的“孝子”“贤孙”了，然而，事实环境限制着他，结果还是不能不入山为安。固然梁山决意赚他，但如果他家里没有那么一个为“国”效“忠”的私通家人的浑家，没有一个恋奸主妇向官家出首告密的管家李固，我想就是吴用给他预留下的反诗，也还会涂抹掉痕迹，依然能坐在解库厅，看着主管收解，做着大富之翁哩。再进一步说，当着北宋末代皇帝的世界，朝廷内外，全是蔡京、王黼、童贯、高俅、梁中书之辈，横行无道，对于小民百姓，剥削掠夺，到了搜骨抽筋的日子，你卢俊义纵然有财有宝，生辰纲是填不满的，今朝免了，还有明朝。你卢俊义纵然有各路的买卖，也还有苛捐重税之外的大口吞噬，不怕你不连本加利吐脱净尽，甚至于最后还给加上一个什么莫须有的罪名哩。那时，你卢俊义财富武艺，两套本钱去了一套，凭这身躯，不上梁山又有什么路好走呢？所以说卢俊义虽然矢志不做“山寇”，按他的处境去推断，到头来也还是免不了这一着的。不过，经过金沙渡，大名府，燕青救主，石秀跳楼，许许多多的波折，使他更认识清楚了梁山泊到底不比赵官家那么非刑横暴，这里是讲道理，重义气的，于是他也就心悦诚服地在攻打曾头市时，自动地提出了“卢某得蒙救命上山，未能报效，今愿尽命向前，未知尊意如何”的衷心之言，而进一步地建立活捉史文恭的大功了！

金圣叹窜改了《水浒传》，割裂之后，在七十回上加了一个“梁山泊英雄惊噩梦”的续貂，以遂其“剿戡”思想的发泄，而陶醉于他那“天下太平”的梦，却把这不必有的虚景寄托在卢俊义身上，也正是因为卢俊义的身份与其他人物太相悬殊，而揣测他不免有辗转不安的心情；自然，我们也想得到卢俊义最初可能有所不惯；但卢俊义如果稍微寻思一下自身的经过，过去是卢员外，今天已是梁山泊的好汉了，那便绝不会有噩梦的缠绕吧！

白日鼠白胜

新　赞

“倒也，倒也！”
笑看着，戟指着，
“他”——倒也！

白日鼠白胜是一个闲汉，家住在郓城县黄泥冈东十里路的安乐村，曾投奔过晁盖，得到他的资助。晁盖等七星聚义，智取生辰纲时，晁盖提到了他，吴用说：“北斗上白光，莫不是应在这人？”七人便借了白胜家做了安身处，由吴用定了巧计，由他挑了酒担，七个人扮作枣客，把药抖在瓢里，搅进酒去，把杨志和十五个厢禁军扮的脚夫，都迷倒了，他们将十一担金珠宝贝装在车上，推走了。后来案发之后，何清说出了晁盖、白胜，官家便到他家捉了他，连打三四顿，打得皮开肉绽，鲜血迸流，逼他证实了晁盖，却死不肯招出另外六人，打入了济州大牢。后来越狱逃出，奔上梁山。做了梁山泊军中报机密的步军头领。

白日鼠白胜的出身来历，在梁山泊许多的英雄好汉之中，他真算不得什么了不起的人物，既不是吃衙门饭的节级押司，又不是带兵调将冲锋陷阵的武官，更不是纵横江湖行侠仗义的豪士；用计不能运筹帷幄，提笔不能奋笔疾书，说武艺稀松平常，讲本领马上马下都数不着他；梁山泊一百零八只交椅，却要有他一个位儿，黄泥冈义劫生辰纲，却也少不了他这一个重要角色，然而，他只是一个被人瞧不起的闲汉而已！

什么叫做闲汉，大同之世，各尽其能，各适其业，做工的有他的刀子凿子，务农的离不了犁把锄头，而且曦曦和和，各得其需，还有什么闲汉存在呢，即使有个把好吃懒做的家伙，也会变得勤快的。然而，在道君皇帝的巴掌底下，豪门势家，金银满库，小民百姓，势无立锥，田里收的割的，供给了达官阔人的淫乐消耗还不能使他们满足。经商的、做工的，把全部生财物品都献给了官家富人，也饱不了自己的肚皮，有钱有势的锦上添花，无权无位的活都不能。老实说，闲汉之为闲汉，不是破产的庄稼汉，便是失业的手艺人，你要他不闲，又有什么办法想呢？白胜就是这许许多多的无田无业中的一个，在蔡太师高太尉的“德政”底下，他是有他悲惨的命运的，真也未必是天生的痞子，十分没出息的流荡汉。

正因为这个缘故，他曾得过晁盖的帮助，也正因为这个缘故，七星聚义之时，便想到了他。吴用说：“北斗上白光莫不是应在这人。”也就是说七人之外，他也在这义举中露出他的异光，他是十足的老百姓，他更是满腹抑郁，向那些豪门势家咬牙切齿，压不下的仇恨。

黄泥冈下当他把那拌进了药的酒，一瓢一瓢地送到了十五条军汉的口里，眼看着他们都头重脚轻地倒在了地下，连押运官青面兽杨志，虽然吃了一半，也得放倒身子，他却挑起了担子唱着歌儿闪在一边，看那七辆江州车儿，把十一担金珠宝贝都装了上去，一声聒噪，从容去也。从老百姓身上搜刮来的，归还到老百姓的手里，“倒也！倒也！”说在七个人口里，酝蓄在他的心头，由他下了这次手，完成了这场扬眉吐气的快事。倒的不是这十五个为人作嫁的军汉，也不仅是杨志这押

运员，而是仗势搜刮、欺压人民的梁中书、蔡太师之流的权儿势儿；别看这逼得没有出路的闲汉一动手，也就是豪门势家垮台倒灶的开始，黄泥冈上劫了十一担生辰纲，也不过是一个象征而已。

白胜还唱了一支歌儿：“赤日炎炎似火烧，野田禾稻半枯焦。农夫心中如汤煮，公子王孙把扇摇。”这口吻，这心情，自然不是出自公子王孙的口里，公子王孙只知道摇着扇子乘风凉，说风凉话，做风凉事，哪管你农夫心中是如汤煮，是如火烧。这里就产生了两个不同的世界，早有人指出这就是一部《水浒传》的主旨。当然更不是出自豪门势家的口里，豪门势家固然不知农夫的心如汤煮，但也没有心情和公子王孙那么悠闲，他们十分的忙，忙着吞人剥人，吸人脂膏，更忙着填肥自己的皮囊，膨胀自己的肚腹，忙着扩张钱财，忙着扩张势力，忙着集中，忙着炸裂，忙着无耻地生，忙着不得好死。悠闲固与忙碌不同，而豪势的忙也与农夫的忙大有差异，但无论如何说，这歌儿是道出了老百姓的心胸的，这歌儿是普天下老百姓的抑郁不平，而从白胜口里，传到了黄泥冈，传遍了全天下。有这种歌才是义劫生辰纲的来源，这歌由一个所谓“闲汉”口里唱出，就不是没因由的，如此，又哪里不使我们重视他这一个不是英雄的英雄，不是好汉的好汉呢？

白胜上了梁山之后，他所担任的职务是传报机密，既称之为机密，这差事可也够不小了。什么是机密，那应该是哪个官家剥削百姓，哪个豪势虐杀人民，不断地再让黄泥冈义举时时地出现的。别看官家有鹰有犬，有东西厂，有锦衣卫，还有什么“统”行“统”辈[①]，可是他们是捕杀不尽老百姓的。然而，老百姓中更有不少白胜其人者，他会埋伏在人流之内，眼看得清，耳听得明，报得实实在在，看你豪门势家哪里逃躲，为了心头的仇恨，为了自己就是老百姓，我想他定能胜任愉快的！

他是一个平凡的老百姓，他是被挤得无路可走的所谓“闲汉”，他不被重视地做出大事业，我顶礼他，我向他祝福！

---

①“统”行“统”辈——国民党“中统”、“军统”特务。

阮氏三雄：立地太岁阮小二、短命二郎阮小五、
活阎罗阮小七

新赞

渔船上边，跳下了对半英雄，
浪花深处，钻出了三条好汉。
谁敢说打鱼的儿郎好欺负，
只要“他”喝口水儿，
不用请“他”吃板刀面！

阮氏三雄，是立地太岁阮小二、短命二郎阮小五、活阎罗阮小七，兄弟三人居住在济州梁山泊边石碣村，日靠打鱼为生，亦曾在泊子里做私商勾当，他们虽然不通文墨，但与人结交，真有义气。深识水性，是有名的水上英雄。晁盖等义劫生辰纲时，吴用想到了他们，亲去请他们撞筹。事成之后，晁盖等躲进他们村里，济州府尹派了观察何涛前往捉拿，被三阮引进了水港深处断头沟中，倒撞下水里，并用火烧了大船上的官兵。何涛被他们割去了耳朵，放了回去，乃一同到了旱地忽律朱贵酒店，由他引进，与晁盖等一同上山入伙。在梁山泊中，他们是四寨水军头领。

梁山泊上，除了陆地英雄之外，识得水性，能在水里施展身手，守住水寨的，颇不乏人；像李俊、张横、张顺、童威、童猛，哪一个都有擒龙捉蛟的本领，哪一个都是旱地上不和你较量，水底下与你死约会的朋友。然而，开始参与梁山创业的，与晁盖、吴用等七星聚义，而成就了义劫生辰纲大举的，到底还得属着阮氏三雄哩！

按说起来，打鱼郎应该有打鱼郎的逍遥，愉快，靠山崖，傍水湾，撒开渔网，放下钓竿，捉住几条几尾河鲜，卖了出去，也可以一壶浊酒，其乐陶陶地过着神仙般的生活。这种骚人画士笔底的趣景，可是一和现实对照，却全不是那么回事了。阮氏三兄弟，本来都是守本安分的人儿，虽然也曾做点

私商勾当，可并不曾大槌大擂地做着走私黄鱼的买卖，只因为他家住在梁山泊边石碣村中，使他生活上便不能不受着波动了。旧戏中的《打渔杀家》据说萧恩就是《征四寇》、《宋公明神聚蓼儿洼》之后阮小七的化名，也就是陈忱《后水浒传》中开宗明义第一回《阮统制感旧梁山泊》演变而来的。那都是后话，讲说水浒本来不应该谈到的。可是，河里只要有打鱼的，“朝廷”里就会有包税的丁员外，收税的教师爷，以及手底下那许多的类于今日之较场口、劝工大楼[1]的打手们。因此打鱼就不是乐事，这背后就有着无限惨淡悲伤的苦痛，到头来不但“打渔”，还要“杀家”哩。这是很平常的事，并没有什么出奇。

然而，在阮家兄弟还没有劫生辰纲之前，还没有上梁山之前，那时王伦、杜迁、宋万和林冲早已在大寨上坐着交椅了，他三人心情的矛盾，又别是一般滋味在心头的。还因为是安分守己的渔民，他最初并没有敢于上梁山的野心，他住在梁山的警戒线上，收税的教师爷固然绝迹，然而，自己不是梁山上的人，打鱼也不大方便，这一行业自然就清淡了。这虽不能

① 1945年、1947年在重庆较场口、上海劝工大楼国民党特务对集会群众行凶，制造血案。

怪梁山上不够交情，不为渔民着想，但自己还没有胆子落草坐寨，确是事实。那么，阮氏三兄弟也只是平常的渔民而已，哪里能算得英雄呢。

可是，有一点是基本上和梁山上气息相通的，阮小五说得好："如今那官司一处处动弹便害百姓，但一声下乡来倒先把百姓家的猪羊鸡鸭都吃光了，又要盘缠打发他，如今也好教这伙人奈何，那捕盗官司的人哪里敢下乡来，若是上司官员缉捕他们人来，都吓得尿屎齐流，怎敢正眼看他。"这段话，是活绘出官家的苛虐，小民的不满，更写尽了梁山泊的壮大，北宋朝廷官员已经不是山泊敌手，而良善人民正有两条路好走，不是怯懦地受官家欺压，就是大起胆子上梁山，反而倒会使官家望之生畏的哩。

阮小二说得更好："我虽然不打得大鱼，也省了许多科差。"就是惯于替官家立言的金圣叹读到这里，也不能不大书特书批道："十五字抵一篇《捕蛇者说》。"据我看这还不只幽怨而已，已经明显地阐明了梁山泊是比赵官家对老百姓好得多，可惜自己没勇气，还只能沾沾光而已。底下他又紧接着说道："他们不怕天，不怕地，不怕官司，论秤分金银，成瓮吃酒，大块吃肉，我们兄弟三人，空有一身本事，怎地学得他们。"这话幸而是对吴用说的，在大宋天子的统治底下，腹诽者族，隅言弃市的暴戾情势中，凭这几句话，就可以压上“贼”帽子，就可以下监牢，问重罪，斫脑袋的。我读《水浒》至此，真也替他们捏了一把冷汗哩，可是也凭这几句话，就可看到梁山泊即在王伦时代也已是平等的世界，而况后来宋公明执权之时呢？他两个的话，是羡慕之情溢于言表的了，这正是以后上梁山的伏根。

所以，如果说“吴学究说三阮撞筹”，不如说他们早已心向往之，他们心目中早已受了梁山精神的感召了。不然的话，三阮如果是儒者，如果是没有骨头的瘫汉，如果不受着官家的鸟气，纵让智多星的嘴巴再会说些，再能掉三寸不烂之舌，怕也没法说得动软泥巴的，那么，三阮最初没有胆子和梁山泊接近，还以为自己空有本事，怎学得他们；然而，结果做出来的，比王伦时代的梁山泊还要厉害，更能不怕贪官污吏赵官儿家，他胆大包天劫夺生辰纲，不是没有线索可寻的，也就正因为他是良善的百姓，有忍不住地义愤的，这就比一个怯生生的读书人所领导的梁山彻底得多了。

由这里发展下去，活捉何涛，水上大破官兵，这又是更高度的发挥了。话说回来，阮氏三兄弟，正因其有善良的老百姓的心，善良的老百姓的胆，所以才称得起英雄，做得出义劫生辰纲、上得梁山……种种大事哩！

大刀关胜

新　赞

活关公，死关公，
是山庙之塑像，
吾未见其神武！

关胜是三国时西蜀关羽的嫡派子孙，生得模样与关羽相似，堂堂八尺五六身躯，细细三绺髭须，两眉入鬓，凤眼朝天，面如重枣，唇若涂朱，幼读兵书，深通武艺；使一口青龙偃月刀，有万夫不当之勇，所以外号称做大刀关胜。本充蒲东巡检，因梁山泊兵马围困大名府，乃由丑郡马宣赞向蔡京举荐。他晋见蔡京时，献了围魏救赵之计，就了领兵指挥使之职，率精锐军一万五千人，直攻梁山，遂使宋江回兵返山。他与梁山交锋之时，虽然也曾捉了张横、阮小七，但终于被呼延灼月下的计赚，遭了钩镰被捕。他因为宋江义气，便说出了“君知我报君，友知我报友”，投降了梁山。后来也曾降服了水火二将，立下功劳。他在山寨之上，坐了第五把交椅，是五虎将中的第一员大将。

水泊梁山的一百零八位头领，几乎每一个都是生龙活虎，神采奕奕，各有他独具的性格，各有他特长的本领；只有大刀关胜，别看他大刀片玩得也颇精彩，可是从《水浒传》所看到他的风貌，只是阴森森，冰冷冷，死板板，只像一个泥塑的、木雕的神像，庄严固然庄严已极，可惜缺乏了活生生的神气，只剩下空架儿，使人觉着这不是梁山泊庙堂上所供养的牌位，便是忠义堂所悬挂的圣轴，绝不似一个能打能闯有骨头有血肉的江湖上的好汉，山寨之中的兵马头领哩！这原因，就因为《水浒传》作者把他照了他祖宗爷的模子一般一样，拷贝了一个小型的关云长，并没有给他附加上独有的人格，如果真有其人，也不过是戏台上扮演着的关圣帝君而已；戏台上的关云长去掉剧中人的脸谱装扮，饰演的伶人到底还有他自己的一副面孔，和他自己的音容笑貌，而关胜则除掉装扮的假象以外，什么特点也没有了，所以我们说梁山泊只有一个假关羽，并无一个真关胜，也未始不可。

试看关云长面如重枣，他也一样。关云长卧蚕眉，丹凤眼，他也是两眉入鬓，凤眼朝天。关云长号称美髯公，他也有细细的长须，甚至于关云长使的兵器青龙偃月刀，他也不但会使，而且绰号还叫做“大刀”，除了赤兔马之外，真也样样俱全，这还是貌相上的；说到举止行动，又无一而不从相似一直到相同，即谈吐的口吻，如“君知我报君，友知我报友，”还不也是《三国演义》上关云长的语言吗？可是，别看这么一个伪装货，他在梁山上并不见得有多大劳绩，却能坐得第五把交椅，可也正因为他是关云长的后代子孙，他是假充着他的祖宗样儿的缘故哩！

他之所以拿了他祖宗牌位做了一切思想行动的模型，就因为关云长曾经以义气流传千古为江湖豪侠之所崇尚。义气本来不是一个坏字眼，不过怎样的义，义要表现在什么事实上，还是值得追究的。就范围说，桃园结义，仅仅是三人的结合，而梁山泊除小喽啰外，英雄好汉已经扩大到一百零八人，规模

已比乃祖乃宗场面伟大得多了。而关云长结义之后，所作所为，亦未必适恰人意：投效官军，扑灭黄巾，成了当时“剿戡”力量之一；华容道，释放曹操，因私交而纵敌，妨害了大局；飞扬跋扈，失掉了荆州，破坏了蜀吴的联盟；这些重要关键，关云长无一而非瑕疵的，又哪里可以作为义的标准呢？回看梁山大寨，率千万被“朝廷”虐害的百姓，抗荒淫苛暴的赵官儿的统治，夺花石纲，杀贪官污吏，除害民贼，事事皆是震烁一世。实在说梁山泊的聚义是比桃园结义光荣得多的，也就是说因为他所存在的社会，使他比其祖宗爷跨灶了许多倍，然而，不重视自身的建树，却模仿一个空招牌，剥下关胜的盔儿，脱下他的甲儿，他也实在没有什么出息可说的。

至于他的身份、本领，一个小小的巡检官儿，实在也说不上是什么了不得的大将，然而摆出来的架势，似乎已有不可一世之概。一为奸相蔡京所用，居然献策献计，而且为剿民之鹰犬。与梁山泊对阵之时，也只能捉了张横、阮小七这些二三流的角色。尤其是被呼延灼轻轻一赚，其策其略，全然失着，也足见所读的兵书，到底有限。特别是投降梁山之后，论对山寨之功绩，赶不上林冲、花荣，论侠义更没有鲁智深、石秀之辈来得朴质凛烈，功劳簿上只有一点降服水火二将，再找不到其他功绩。他除了摆着他姓关的空架子之外，我想坐在第五把交椅，也应该自己汗颜吧！

他对宋江说："君知我报君，友知我报友。"这不是重视自己，相反的倒是轻视了自己，像贴上了招牌，插上了草标，谁爱我就卖给了谁，这也就看出了关胜的身份还不免是待价而沽的；所以受知于蔡京，他可以"剿"梁山，受知于宋江，他可以降梁山。而君与友之外，眼睛里并没有看见普天下的受苛虐的老百姓，自己也没有和梁山上拯民仗义的精神真正地结成一道。那么，关胜这人物，毕竟还是大成问题哩！

不过，据说关胜确实有其人，且于金兵侵宋之时，作副将于山东为民族殉难者，果然，那大约也是他处梁山日久，丢开了祖宗的空架儿之后的事。这姑备一说于此，未敢竟作关胜之盖棺论定哩！

浪子燕青

新 赞

吾爱小乙哥，
闲在卢家，是伶俐之浪子。
上得梁山，成纯真之义士！

燕青，北京人氏，自幼父母双亡，在卢俊义家养育长大，为他叫一个高手匠人刺了一身遍体花绣；因为排行第一，人多称做小乙哥。更因他吹得弹得，唱得舞得，拆白道字，顶真续麻，无有不能，无有不会；亦是说得诸路乡谈，省得诸行市语。真是百伶百俐，所以人又称他做浪子。他的相貌是六尺以上身材，三牙掩口髭须，十分腰细膀阔。他也有一身本事，无人比得，特别是拿着一条川弩，只用三支短箭，郊外落生，并不放空，箭到物落。卢俊义去泰山烧香之时，他曾劝过。卢俊义被留在梁山泊时，他被贾氏所逐，街头行乞。后来卢俊义起解，走到树林之内，差人董超、薛霸正想举起水火棍望着他脑门上劈将下来，却被燕青放冷箭救了，并射死两个差人。以后卢俊义又在村店之中被捉，他路遇石秀、杨雄，上山报了信息，随至闹了大名府，救出卢俊义。他在山寨之上为步军头领。

浪子燕青论身份说就是一个奴才，在卢俊义家养育长大，给卢员外充当了家人、小厮、心腹的人。并且还为他叫一个高手匠人，刺了一身遍体花绣，又是具有了十足男性花瓶的资格。同时，吹得弹得，唱得舞得，又像是不折不扣的帮闲人物。说得诸路乡谈，省得诸行市语，由于浪荡井市；会打弩弓，百发百中，由于弹鸟行猎。从这些方面去看，他的确无愧为浪子，更从多种条件中证明了他只是一个有钱有势的豪家的附庸点缀品而已。

这种人物，一般的前途，由于依靠了有钱有势的豪家，又只有这些本领，他不能够种田耕地，不能够经商营贾，当然也

不会做出轰轰烈烈的正当大事，因此他便只能随伴在纨绔子弟、浪荡富豪的身边，把出进嫖院、陪酒陪玩，以及走马赏花、斗鸡走狗，做了他吃饭的门路，作为他生活的捷径。自然，这还是因为有这些有钱有势而用不到动手动脚自己谋生的废料，才会产生这种悠闲的社会圈儿，才会养活着这些闲汉，而这种人的所谓“职业”也者，最好标准，莫过如《金瓶梅》中应伯爵之流的门下食客，再下就是以帮闲而兼外役如燕青之类是也。自然，这种人也可以从这种门路，爬得了高官厚爵。高俅堂堂国家大员，原不过是小苏学士府内的听差，又荐做了王都尉的�仆，只因偶然地在端王面前踢了一脚球儿，便飞黄腾达地成了后来执掌一国大权的太尉爷，便成了鱼肉人民的领班儿，这种际遇到底是不常有的，所以燕青还只是厮养奴才而已。不过卢俊义是有钱有势，还带了不少的江湖豪气，那么，他也就不是端王，也不是西门庆，而燕青表现出的姿态也和一般帮闲奴才不同了。

燕青有一副忠诚的心，这点如果就他的身份来看，自然还不免是由于奴才道德的束缚所造成，还不免是被畜养惯了的奴才的劣根性；可是，卢俊义虽然在上梁山之前，也曾妄想“收拾车子装贼”，也曾做过大商大贾，但他到底还没曾害民苦民，盘剥百姓。而燕青之对他，也没有像陆谦、富安之流，出什么扰人害人的坏主意。更不像李固之私通贾氏，谋夺家财。别看燕青出自市井之间，他的行为充其量也不过是愚忠而已。实在说这股子坦白耿直的胸腑，也正是出污泥而不染的青莲哩！而况，他之对梁山泊，虽曾恳劝卢俊义不该出门游山烧香，但始终未加敌视，这也由于他身份的限制，虽然处在卢家，到底毫无邪曲。忠诚于卢员外，可也未必就是梁山泊的冤家对头，一个尚未懂得奴才身份之可鄙，尚自以为天经地义的奴才，无论如何比刁恶奸诈的奴才来得像人一些的，如此燕青的人格也就多少有着尺寸的了。

固然奴才之中如果尽是陆谦、李固，奴才之面相脸谱人人可得而见，奴才道德之丑恶足以暴露无遗，但千万奴才之中有一燕青，而且是一帮闲的奴才，则容易使人认为奴才也有奴才品性，赞扬奴才道德，巩固住了奴才的世界。所以金圣叹之于其冷箭救主，比之为张世杰、陆秀夫，于其被李固、贾氏逐出，以至行乞，则流泪叹息。这些还是在奴才道德之下，而歌颂着愚忠的所谓“孽子孤臣”而已。其实，如果不从燕青之质朴坦白的人格中认识他，仅仅囿于奴才身份上去推崇，则燕青之对卢员外，亦不过一较好之奴才罢了，又何足深取呢？雁荡山樵陈忱氏撰《后水浒》于燕青着笔特多，写其“献黄柑孤臣完大义”，更写其策划抗金，奠定了暹罗国李俊的江山，我认为那是深知燕青者，因为根据了他的朴质坦白的一点，发扬之使其由忠于卢家一姓，至于扩大为忠于百姓忠于民族。想燕青有知，亦当认为深获我心吧！

也正因为燕青有这种素质，他才能上得梁山。梁山能有燕青的座位，却不能有陆谦、李固的座位，也可以见出梁山泊到底不许这些刁奴恶仆存在的。而且，燕青到了梁山之后，是和卢俊义一同坐在交椅之上，虽然一个坐在第二位，一个坐在第三十六位，这只是次序的排列，却没有主奴身份的分别了，他已不是卢员外的奴才，而是与众家兄弟平起平坐的头领了。他，从此以后，完成了一个被解放的奴才，完成了一个独立自尊的人格。因此，我在赞颂燕青之时，更不能不大书特书地指出了梁山泊是平等的，而且它的制度，是打破了主奴的限制的。

花和尚鲁智深

新　赞

登仁者界，护梁山法。
唯智深师，是真菩萨！

鲁智深，本名鲁达，外号花和尚。原是延安老种经略相公部下军官，调到渭州小种经略相公部下，充当提辖。面圆耳大，鼻直口方，腮边一部貉䝟胡须，身长八尺，腰阔十围，背上刺有花绣。心地刚直，行动粗鲁，嗜酒如命，能把一条六十二斤的水磨禅杖，抡动如飞，另外随身还有一把戒刀。他因为救了金翠莲，三拳打死状元桥下绰号镇关西的郑屠，逃到代州雁门县，幸遇赵员外，送他到文殊院智真禅师处，剃度为僧。谁知因了酒醉，打坍了半山亭子，打坏了山门外的金刚，长老只好打发他去投东京大相国寺智清禅师。路过桃花庄，又为了桃花山小霸王周通强娶刘太公女儿，他便冒充新娘，销金帐内打了周通。后来又路遇史进，打死生铁佛崔道成，火烧了瓦官寺。到了大相国寺之后，被派去看守菜园，因倒拔垂杨柳，结识了林冲，在林冲刺配沧州时，他大闹野猪林救了林冲，但因为救林冲，却被高俅吩咐大相国寺不许他挂单，又派人前来捉拿，他便烧了菜园廨宇，逃走在江湖上。在孟州道十字坡遇见了菜园子张青和母夜叉孙二娘，指引他去打二龙山，遇了杨志、曹正，一同占山落草，在三山聚义打青州后，归入梁山大寨。他在梁山泊是步军头领。

智真禅师登上法座，与智深摩顶受记之后，大喝一声：“要皈依佛性，要归奉正法，要归敬师友。不要杀生，不要偷盗，不要邪淫，不要贪酒，不要妄语。”然而，鲁智深虽然不邪淫，不妄语，可也到底抛不下禅杖、朴刀，舍不了酒坛、酒杯，还偷了桃花山李忠的金银酒器。这样一个任情尚气，好杀好酒的大和尚，实在会吓坏如来，气煞金刚。可是，如果我们真的看透了佛家真谛，查遍了《高僧传》，翻完了《方外志》，除他而外，再没有一个人配称得起与佛意相通的了。具菩萨心肠，得佛家神髓，智深法师不但要鄙视一切参野狐禅的秃驴们，而且，释迦有灵，也当深愧不如吧！

智深始终尊重佛家最高无上的旨意，不忘师本。交梁山泊一百零八条好汉，还加无数小喽啰，天下的受欺负被迫害的弱者，也可说打开了友道的圈子。至于什么是佛性，什么是正法，佛心即仁心，以爱为主，以拯救众生为主，不念法华经，不礼梁王忏，不追求形式上的末节，能把持到爱的精核，便能放大光明，而现舍利子矣！不过，所谓爱者，不仅于戒杀而已，杀害人者所以成爱，去苛虐者所以成仁，爱之极点，因有所爱才有所憎，因有所救才有所杀。鲁智深拿起朴刀，挥动禅杖，握起拳头，一怒一嗔而使危者得助，死者得生，这就比苦口婆心、阿弥陀佛来得彻底得多了。

我们综观他的一生，从军官到和尚，从和尚到山寨头领，在表面上虽然变了三变，可是一根线索，贯串到底。他舍己为人，他义不顾己，他从来率真，从来不计算自己的利害。拳打镇关西，是为了救金翠莲。打小霸王，是为了救刘太公的女儿。而野猪林中，救了林冲，一直护送到沧州近郊……这种种，都是路见不平，拔刀相助的义举，以后更把这种精神扩大到反抗贪官污吏、豪门恶霸的梁山泊精神。本来能有这种精神者固不止鲁智深一人而已，梁山一百零八人中，人人或多或少的都有一些的。然而，以坦直的人格，达忘我的境界，其崇高无上，以佛家的尺度去衡量他，已是超凡净化。以英雄的尺度去衡量他，非个人主义的大英雄才有这样本色的。

而况，佛家重忏悔，鲁智深之遇于周通，当痛殴之后，李忠把他约上山去，委婉地数落了一番，在周通答应退了婚事，并折箭为誓，他对他依然好兄好弟，这种与人为善的雅量，恐金刚菩萨遽然亦所难能。当他看到李忠自己山上放了许多金银，却不与他，直等打劫了别人才赠予他，这种鄙吝的寒酸相，这种慷别人之慨的假道义，是他所深恶而痛绝的，所以不惜自己破了偷戒，取了酒器，以警悭吝，这更是我不入地狱谁入地狱的态度。至于他嗜酒如命，固足偾事，然而酒足以乱性，亦足以存真，爽快如鲁智深者，借酒力壮起了英雄胆，借酒力涤净了佛心肠，像他，臻于佛家至境者，又哪能在小节上拘束得住呢？销金帐里，跳出了一个莽和尚，不但出于小霸王周通的意想之外，也出于一切佛弟子意想之外，旖旎风流，不为世俗藩篱所困，假和尚连帏帐都不偷看一眼，生怕陷入绮障，而他，心目中只知拯救弱者危者，何曾顾到什么“空即是色，色即是空”这些自身的计较呢？化无量身，成无我相，而万相归一，仁而已矣，义而已矣，也就是梁山泊精神而已。

由于这些，如果说鲁智深是有慧根的话，他的慧根就是济弱锄强，就是不畏强力。他不说偈言，不看经典，而发挥了佛家的积极性。他从来不作避世想，从来不作出尘想，因此文殊院留不住他，大相国寺里挂不住单，结果还得在二龙山上落草。话再说回来，佛门到底不如草莽江湖可以任英雄贯彻他那除恶布爱的行径，那么，我们说他不是世俗和尚也可，说他不是超然特出的世俗的英雄也可。然而，他却是真懂得爱的人，真能贯彻爱的人，然而这种人只有水泊山寨中才可以容身哩！

我顶礼鲁智深，就在于斯，就在于他离开佛门，走上梁山！

圣手书生萧让

新　赞

不以武称，而以文见。
不精枪棒，而工书法。
不傲，不卑，斯可称哉，
读书人之本色尔！

萧让，是济州城里的秀才，因会写诸家字体，人都唤他做圣手书生，又会使枪弄棒，舞剑抡刀。因为宋江吟反诗陷入江州牢中，蔡九知府差戴宗去东京投书蔡太师，吴用设计假造回书，吩咐提解赴京，以便中途劫夺。为了他能冒充蔡京笔迹，就顺便派戴宗去他家中，假说泰岳庙里，要写碑文，赚他上得山来。后来，宋江打破祝家庄，为了要赚扑天雕李应上山入伙，又由他冒充知府。他在梁山泊中，是掌管监造诸事头领。

处在皇家与“叛逆”，被反抗者与反抗者之间，读书人因为自己所处的社会地位，有时摇摆不定，有时自己也想超然特出不介入两者而打出自己的旗号，可是到头来仍然不免归于一方：不是做了皇家、准皇家、压迫者、被反抗者的帮忙、帮闲、帮凶、帮杀种种的附庸的奴婢，便是真正地加入反抗者的队伍，变成了反抗者的一员。所以我们在对立的场面中固然看到了不少自己画着三花脸的官家的狗头军师，和心在“朝廷”却假充着中流砥柱的两面人。但我们也看到许多铮铮皎皎的出类拔萃的和老百姓喘着一口气的学士秀才。唐朝的黄巢，明末李自成队伍中的李岩，都是很好的榜样。水泊梁山上的圣手书生萧让，虽然比不上这两位有赫赫功业，有卓绝一代的建树，但作为一个普通的读书人看，他还终不失为一个最好的模型。

老实讲，在咱们中国从古到今，能够读得起书，中得起秀才，称得学士的，多多少少家里是有点儿臭钱，吃得起一口粗饭。虽然读书人叫做“穷酸”，但酸则有之，穷则未必穷过田里的农夫，江湖上的流浪汉。因此，在这些人中间，他也成了物以稀为贵了。梁山泊因为要把宋江从江州牢里救出来，需要制造一封模仿蔡太师爷的书信，不要说蔡太师爷的字迹不是谁个可以轻易学会的，恐怕这群英雄好汉之中，耍枪玩棍是他们的拿手本领，真正提得起笔杆来的毕竟不多；比如吴用是教书先生，可也不是书法专家，因此上就要借重着他了。自然别人不会作书写字，等于他武艺稀松平常一样，各有所专，各有所长。在这种情形之下，萧让便有资格在忠义堂的一百零八只交椅上，占了一个位置了，这也是天下最合理的事罢！

在他本身，我以为最值得重视的，不在他能走上梁山，做了头领，而在于他很平常地很自然地处于梁山许多英雄好汉的群中。读书人的大毛病，是把自己看得比英雄还要英雄，比好汉还要好汉。分明是武不能除臭虫，扑苍蝇，文不能为民划策，拯民于水火之中，然而却自命不凡，摇笔乱吹。不如意时，不是抑郁不平，发出怀才不遇的酸腔，便是施展心计，招是寻非，来玩那惯于合纵连横的手段，借以显露自己的聪明机警。老实讲，这些恶德，在赵官家的衙门里，朝廷上，大可用得着，但在梁山泊上，老百姓队伍里，却不许你玩弄这一套。萧让是读书人，一个普通的读书人，可就是在他身上，没有这些，而显出了他的美德的。

自然，读书人还有第三种毛病，由于自高自傲而不得逞，转而为自卑自贱自轻，妄自菲薄。萧让被王矮虎、宋万、杜迁、郑天寿几人横拖倒拽，捉进林子里来，四条好汉告诉他，特来请他入伙的话，他说：“山寨要我们何用，我们手无缚鸡之力，只能吃饭。”这话拿武艺作标准固然也许是实情，可是山寨不比赵官家的朝廷，在大宋皇帝脚下，只有豪门势家贪官污吏邪僻歪种有处站脚，有用的人常常逼得走投无路，无法用其所能。梁山泊不是这样，哪怕你是一技之长，一工之巧，只要你能够有一分热放一分光，就有派用处的机会。反过来说“只能

吃饭”，你不作不做，吃饭还没有你的份哩！可是这种自卑的心，也是没有必要的。萧让能模仿蔡京的字迹，能做出了搭救宋江的事儿，能够借你那潇洒的书卷气来扮作了知府，赚来扑天雕李应，你的功劳也实在不小了，这些事又何尝是玩枪弄棍的朋友伙伴所能做得到的呢，谁能说“百无一用是书生”呢？不过，并不要你读书人在英雄好汉队里充英雄头，当好汉尖而已。

梁山泊是各尽所能的世界，所以他并不卑视读书人，自然也不必把读书人看成了“活宝”。而读书人进了梁山泊，也正如能谋略的、有武艺的进了山寨一样，能有所用，能展其所长，所以萧让自然就虽不比别人高一头，也不比别人矮半截，经经常常，合乎梁山里的尺度了。萧让能如此，也足以称为读书人中的达人了。也许有人以为《水浒传》中对萧让的两次特写，都不免于假，救宋江是伪造假书信，赚李应是冒充假知府，都是打出读书人的假幌子的。其实他骗人骗不过梁中书的骗取民财，还硬撑了官儿皮囊。他欺诈也欺诈不过高太尉的假圈套诱林冲误入白虎堂，这些家伙是借骗借诈来欺压百姓的害民贼，而萧让则是为了梁山泊才造假书救宋江，为了义气才赚李应，结果不但没害了谁，而且还是为了反抗赵官家而发的。不问手段，但问目的，萧让到底比那些玩弄笔尖，而借以迷诱世人，欺骗百姓的读书人中的败类，值得称赞的多哩！

鼓上蚤时迁

新　赞

窃钩者“寇”，窃国者侯。

郅治之世，鸡，何须偷！

时迁，祖籍是高唐州人氏，流落在蓟州，只一地里做些飞檐走壁跳篱骗马的勾当，因为身体敏捷，灵便机警，人都叫他做鼓上蚤。曾在蓟州吃过官司，却是杨雄救了。后来随了杨雄投奔梁山，路经郓州地面，过香林洼，宿在客店，因为偷鸡，被捉去祝家庄，便勾起三打祝家庄的情事。后来呼延灼“征”梁山时，汤隆计赚徐宁，他又施展身手，盗了雁翎砌就圈金甲。攻打大名府时，他又火烧过翠云楼。宋江夜打曾头市时，他曾二次打探，并且探听路径，记下陷坑等处。这些都是他特殊的功绩。他在山寨之中是军中报机密步军头领。

时迁不过一穿穴凿墙之徒耳，虽然身体敏捷，灵便机警，能以飞檐走壁，看起来倒像是神偷名窃，此道中的专家。但要说世界上真有天生的妙手空空，可未必是实有其事。有的吃，有的穿，生活过得去，绝没有一个人甘居“下流”，而愿意作偷作窃的道理。其所以出于此者，还是因为他无食无衣，无职业，然而他还得活在人世上，你要他不偷，又如何能行呢？所以惯窃也者，也不过偷的久了，摸索出盗亦有道罢了，这其间，实在说并没有什么奥妙可言的。

当赵官家之治天下也，朝廷之内，如道君皇帝，如蔡京、王黼、童贯、高俅之辈，都是荒淫苛虐，聚敛剥削的好手。上有所好，下必甚焉，由此类推，每个地方每个角落的地方官儿，地方绅衿富豪，大约没有人不刮地皮，重盘剥的了。这样，天下之民，既无以安其业，无以乐其生，其没有勇气做江洋大盗，没有本领上山落草的，只好偷鸡摸狗，也算十分可悯了。而且，还会受着世人的卑视，受着世人的嗤笑。如时迁者流，他无论如何不会有人巴结捧奉，作为钻营之路，如对蔡京王黼之辈。也不会有人羡慕豪侠，标榜英雄崇拜，称他一声山大王，如晁盖、宋江似的。那么即使勉强称他做英雄，充其量也不过鸡鸣狗盗之雄耳，又何足登大雅之堂呢？

不过，古有常言：“窃钩者诛，窃国者侯。”时迁也不过偷偷摸摸而已，受其损失者亦不过一人一家，所偷窃者也不过鸡儿狗儿。然而，便冠上了“小偷”这样一个不很光荣的头衔，一经失手还难免落案，吃官司，受着官家的刑罚治罪。谁说时迁是名偷，蓟州城不是也曾被捉过，虽然得到了杨雄之救，这行业到底没有保了险的。相反的，我们试看赵官家和他的贪官污吏们，对于百姓，又何止是背人窃取，简直明抢明夺。道君皇帝给李师师姑娘的花粉费，梁中书送蔡太师的生辰纲，哪一件又不是明目张胆地夺取民间以供私人之淫乐呢？然而，他们还不自认为贼为寇，反而高踞黄堂金殿，以皇帝自居，以官吏自居；倒过头对于时迁之类的毛贼加以嘲笑捉捕，我们从这里就可以知道“大盗不操戈矛”，小偷却只有倒霉的份儿的道理了。

所以，时迁仅仅偷了一只鸡而已，就好似犯了“国家”的重法，连店小二也会说出了：“客人你们休要在这里讨野火吃，只我店里不比别处，拿你到庄上，便做梁山泊贼寇解了去。”这明显地看出了店是有祝家庄做靠背，祝家庄有官府衙门做靠背，官府衙门又有赵官家朝廷做靠背，反过来也就看出了这种公开的官强盗的罗网密布，专于仗势欺人，仗势吓诈了。当梁山泊的旗帜高扬之时，“梁山泊贼寇”这顶帽子正式成了最好罗织的口实，帽子满天飞，小民无噍类，店小二可以

借此到祝家庄请功，祝家庄可以向衙门“朝廷”请功。透过时迁偷鸡一事，就可以知道伪造罪名，殃害百姓之事，固不自今日始也，不过如今为烈而已。

果然，一鸡之微，引出了祝家庄与梁山泊之争，祝家庄把小偷当“大盗”加帽报功，梁山泊的好汉们又何尝能沉压住这口鸟气呢？不过，当石秀、杨雄真果到了梁山求救之时，连晁天王都瞧不起偷鸡摸狗的小毛贼，还认为他们伤了梁山泊声名，要斩要杀哩。更足见小偷小窃，实在干不得，官家虽然把你扩大来看，但梁山好汉却认为太没出息了！所以受不了，活不下去，小偷小窃，虽然可悯，到底不是正路，要干只有梁山入伙，只有打起造反的旗号，才是堂堂皇皇光明正大的路哩！

时迁实在应该感谢祝家庄的豪霸们，没有祝家兄弟这一罗织，终其生他也不过小偷而已。如今的结果，等到打破祝家庄之后，便能真正上得了梁山，坐了交椅，做了头领，小偷转变而为好汉，也就是时迁是更彻底了，更走上了真正反抗的大路了。那么，梁上君子，又何能为偷鸡摸狗所限制得住，而不能为梁山君子呢？

不过，话得说回来，如果不是在“大宋”赵官儿统治之下，没有道君皇帝，没有蔡京王黼之辈，没有祝家庄豪霸之徒，老百姓熙熙和和各安其生，梁山泊的众好汉固然不会造反，而时迁也何必偷鸡呢？归根到底一句话，时迁之流还是这社会制造出来的哩！

赤发鬼刘唐

新　赞

外具赤发，内具赤心！

大义凛凛，壮哉此君！

刘唐，祖籍东潞州人氏；因鬓边有搭朱砂记，上面生一片黑黄毛，人都唤他做赤发鬼。自幼飘荡江湖，多走路途，专好结识好汉。因为打听得北京大名府梁中书收买十万贯金银宝贝玩器等物送上东京与他丈人蔡太师庆祝生辰，便去东溪村晁盖处报信，约他同往劫取。谁知路过灵官庙，因为吃醉，被雷横当作“贼盗”捉了。路过晁盖处，晁盖问明情由，假充甥舅，雷横便释了他，并且向晁盖道了歉意。晁盖送了雷横十两银子，在离开了村子时候，刘唐却又拦住要想夺回，因此二人打将起来，又被晁盖走出喊住，而且认识了吴用，便引出了三阮、公孙胜一同义劫了生辰纲，同晁盖一同去梁山落草。后由晁盖派他到郓城县下书，赠送银子给宋江，以报释放之义，才引出宋江杀死阎婆惜一事。他在梁山泊为步兵头领。

《水浒传》中两大重要关键，都是由刘唐做了引线。一是义劫生辰纲，奠立了梁山泊发轫的基业。一是宋江怒杀阎婆惜。紧接着闹江州，宋江上山，展开了梁山的规模。这人，确实是水泊英雄中不可少的一个。

他是一个飘荡江湖的流浪汉，也就是古之所谓游侠，今之所谓流氓无产阶级是也。这种人，虽然不能成一个开山立寨的主要领导者，但是他躺下是一身，站起来是一条，无挂无累，说干就干，比什么人都来的干脆，来的痛快，在梁山泊时代这股子力量是绝不可忽视的。也正因为这个缘故，他才能成为这两个重要事件的主要配角哩！

刘唐一出场，是在郓城县新县太爷时文彬到任之日，这位时“公”，大约是很能执行赵官家的“剿戡”政策的“干吏”吧！所以刚到任，使唤了马兵都头朱仝，步兵都头雷横，这两位因为还没有吃过梁山泊的食粮，喝过梁山的泉水，还没有梁山泊的心肠之前，自然就忠于他的“职分”，为这位大老爷做些清乡搜查的工作了，如是就在灵官殿捉到这位形迹可疑的人。按说刘唐不过是一个并非本地本土的远乡人罢了，不过在神供桌上睡了一觉罢了。这便可以构成罪名，可以一根索子绑了，押出庙门投到东溪村，就足以见在赵官家的世界中，正是刀锯鼎镬以待天下之士，无处不布着天罗地网的。

从表面上看去，像是官府衙门，犯了不可救药的神经衰弱的重病。如果再仔细追索下去，也并不是没有来由。你想极端的苛虐暴敛之下，人民为了花石纲受的搜刮，即使不敢出诸口，也敢愤于心。人同此意，心同此理，劫生辰纲的晁盖等七人，其实，也正是普天下人民的代表。那么防范巡查也足见官家心虚，而劫也夺也，又正是必然之势。

不过，话虽如此说，晁天王、吴学究虽然大家肚皮里都想着染指一下，却谁也没曾首先发难，谁也不曾公然说得出口来。只有赤发鬼刘唐这样来去无牵挂，做事胆子大的英雄才打听得清楚，报告得明白。而且因为晁盖保正是一条好汉，才敢于与他说知，那何尝是偶然呢。他不是一个简单的报信的人，而该大书特书称之为首先的发难者的。

晁盖用了“你再住”三个字拦住他的话，叫他冒充了甥舅，救下了他，取出了十两银子打点了雷横，足见他的仔细缜密，而公差们见钱眼开，乐得做个干人情儿释放了他。我们看他的话：“小弟打听得北京大名梁中书，收买十万贯金珠宝贝玩器等物，选上东京，与他丈人庆生辰……小弟想此不义之财，取之何碍，便可商量个道理，去半途上取了，天理知之，也不为罪！”别看这几句话，真是金声玉振，大义凛然，不但表明了自己的心迹，也正是对于贪官污吏，豪门势家

的一篇义正词严的檄文哩！他说到自己：“小弟不才，颇也学得本事，休道三五个汉子，便是一二千军马队中拿条枪也不惧他。”快人快语，无怪乎晁盖称之为“壮哉”了。

更妙的是他看见雷横拿下了银子走了，便想去夺回来，送还晁盖，也出口鸟气，拿了朴刀，截拦了去路，大喊一声：“我却不是贼，你却吊了我一夜，又骗去阿舅十两银子。”这几句话，我们不能呆看成是专对雷横个人，而是向官府衙门揭露了无限的黑幕的。别看雷横也戟指而骂，也会好意思地说出了：“你阿舅送我的，干你甚事？”然而，语气之间，已经十分情虚了。对比之下，正分别出了老百姓的想法与衙门中人的想法的不同，你说是别人送给你的，事实上还不是敲诈掠夺吗？而这类的事，又怎能放进赤肠汉子刘唐的眼里呢？

其后，月下传书，也是由他出场，说明了只有他这种人才能担得起这种影响一时的事件。宋江自有宋江的特点，然而没有他，又怎么引出下边一切轰轰烈烈的大事呢？这样我们就可以知道他在梁山上的重要了！

一丈青扈三娘

新　赞

出土豪之闺阁，而上梁山之大寨。
未做势家的婆娘，却做矮将军的娇妻。
卓哉扈三娘，娩婳一丈青，
应入新烈女传，而登女英雄无双谱中！

扈三娘，绰号一丈青，是扈家庄扈太公的女儿，飞天虎扈成的妹妹，坐下一匹青骏马，手抡两口日月双刀，还善用红锦套索，专能生擒大将。已与祝家庄第三子祝彪定为妻室，早晚要娶。宋公明两打祝家庄时，因为祝家庄东有李家庄，西有扈家庄，这三个庄村，誓结生死之交，有事互相救应，所以扈三娘也前来助战，捉了矮脚虎王英。后因追赶宋江，被林冲卖个破绽，放她两刀斫入，林冲用蛇矛逼住两刀，轻舒猿臂，款扭狼腰，挟过马来，解上梁山，宋太公认为义女，宋江与她陪话，劝她与王英结为夫妇。她与丈夫王英同为梁山泊专掌三军内探事马军头领。

正史上，旧小说中，也曾给我们留下不少的女英雄的图形，有的领兵挂帅，有的斩将立功，但大半出自名门将家，多是替所谓“朝廷”建业，然后博得了夫荣妻贵，得到“诰封”，称做了“夫人”。真正起自民间，能够与民伐罪与统治者作对，被光荣地加上了“女强盗”、“女匪首”的毕竟不多。唐代武则天时的陈硕贞，明朝的唐赛儿，都曾为农民造反扯起了异帜，在红粉队里放出了另一番光彩。一丈青扈三娘在梁山泊上虽然不是倡首领头的巾帼主将，可也到底在聚义厅上坐了一把交椅，而况坐下青骏马，手抡日月刀，红锦套索甩了出去，也能在千军万马之中捉取官家将领，易如探囊取物。凭这股子武艺，即使说不如陈硕贞、唐赛儿这两家妇女领袖成就之大，力量之强，但也实在不弱。梁山上有了她，足以

在叱咤风云的群英之中，平添上了几分旖旎的情调。

论起扈三娘的出身来历，开始也并不是起自民间，相反的，她是扈家庄地主土豪家庭的女儿，而且已经许婚，门当户对还是地主土豪人家。她既不是孟州道上卖人肉包子的母夜叉孙二娘，也并不同于登州府酒家婆娘的母大虫顾大嫂，这些娘儿们多少都沾着些江湖味儿。至于她，虽然不是金枝玉叶贵族裙钗，但父亲是庄主，哥哥是地主家中小“英豪”，未婚的婆家又是打出了“填平梁山擒晁盖，踏破水泊捉宋江”的旗号的祝家庄，没有嫁过去的丈夫，更是祝家三“杰”的老三祝彪，明明显显的一个坚决“剿戡”的能手。在种种关系的底下，她是从一个地主土豪家中教养出来的，虽然全身武艺，但像她的生活、心意、姿态、情调，都该和后来“大清朝”里专靠办乡勇，立联庄会与叛民作对的湘乡曾府合肥李宅内的千金小姐差不多。她无论如何想不到会做了梁山泊的女寨主，而且嫁了一个小“强盗”头儿吧？

说到她嫁给矮脚虎王英，这人本领平常，在梁山泊并不是十分重要的人物，也许有不少的人为她抱着不平，替她怀了冤屈，或者以为实在齐大非偶的。关于这点，就要首先问是站在什么立场上，假令站在地主土豪的立场，自然扈庄主家的千金小姐嫁给一个被指为“匪寇”的梁山好汉，是不配合的。但当宋江和她陪话之时，与她主持婚事之时，她已不是扈庄主的千金小姐了，梁山泊的女头领配给男头领，还不是千该万该吗？她的身份变了，也正如没变之前与祝彪的门当户对一样的。

再说王英的为人，也并非不如祝彪。我们说祝彪飞扬跋扈，专以酷虐逞能，他之希望扑灭梁山，事实上也就是杀人害人而维持他们地主土豪的权力，这种货色不要说梁山泊上的好汉，即使是平常百姓又有谁不戟指着痛恨着他呢？如为英雄的扈三娘打算，嫁了他也实在并不见得多么光荣。别看王英，五短身材，比一丈青的高度差得不知多少尺寸，可是在梁山泊上称兄道弟的环境底下，人格都是一律平等一般高的，只求其志趣的相同，反抗赵官家的心意的齐一，哪里还在乎外表上的谁高谁低呢？至于王英的缺点就是喜欢女人，我们不必说什么“食色性也”那样替矮脚虎争面子的话，可是在抢了清风寨刘高的婆娘，想要收为压寨夫人，经过宋江从旁一劝，他就知过必改，一直打下祝家庄之后，才由宋江主婚，完成他俩的姻缘，中间并不曾再犯那种寡人有疾的毛病儿，这也十分难得的很。以小喻大，比起祝彪那种不顾情面，连扑天雕李应都容不下的死硬派实在好得多。从这些方面去比较，王英又高过祝彪，又怎么配不上扈三娘呢？

我们姑且作一假想，一丈青扈三娘如果不经过祝家庄之战，不被擒上梁山，不由宋江做主嫁给了王英，能有怎么样的结果呢？不与梁山交锋，“安安稳稳”地嫁了过去，“太太平平”过着地主土豪的家庭生活，祝三郎仗势行霸，也不过是一个学会枪棒的西门庆而已，一丈青满身本领无所用其地，还不是如西门大官人府里的吴月娘之流罢了。再说：如果真的借了祝家乡团联庄的力量，剿平了梁山——自然那是不可能有的事——也因为她助了一臂之力，讨得赵官家好儿，受一点什么奖赏，夫“荣”妻“贵”地赐封什么“夫人”之类，大约也算够出色了。可是她那青骏马却就不知践踏死了多少无辜的老百姓，她那两口日月双刀，也不知道斩杀过多少反抗的人民，她那红锦套索，更不知道捉拿了多少江湖好汉，由祝家庄送进了赵官家的生死牢集中营去。那样，她也不过是一个杀人不眨眼的女屠户、女魔鬼、女刽子手而已，哪里还配称得起女中英雄呢，哪里还能成为人人心目中的梁山泊的女头领一丈青呢？

所以话还得说回来，一丈青扈三娘之被擒，之投降梁山，实在说是她一生的大关键，由于这，才肯在忠义堂上成了女头领，才肯拜认太公为义父，才肯嫁给了武艺虽不如己却终是同伙兄弟的王英。她有这种转变，才是她放下杀戮人民的屠刀的本色，才是真正足以称为女英雄之处哩。归根结底，一丈青实在是也不平凡的呵！

豹子头林冲

新　赞

豹子头，英雄胆。

遭蹇遇，逢时艰。

九死一生，逼上梁山。

呜呼，途穷，壮志乃见！

豹子头林冲是东京人氏，生得豹头环眼，燕颔虎须，八尺长短身材，生性耿直，爱交好汉，武艺高强，惯使丈八长矛。其初，充当八十万禁军教头，只因带了娘子前往岳庙烧香还愿，娘子受了太尉高俅的螟蛉义子花花太岁高衙内的调戏，高衙内又和虞侯陆谦，做下圈套，约林冲到酒楼饮酒，却把娘子骗到陆家，结果又被林冲救出。因此衙内病倒在床，再由陆谦和家人富安设计，派人假借卖刀，引他入彀，借比刀赚入白虎节堂，加以行刺罪名，刺配沧州道。临行之时，明知此去生死莫卜，乃含泪与娘子立下休书。路途之中，差人董超、薛霸奉了高俅吩咐，正想在野猪林内将他活活打死，幸遇鲁智深救得性命，又路过了柴进家，得到柴进的招待，与洪教头比武，棒打了洪教头。到了沧州，陆谦、虞侯却又跟到，再行暗害于他，因他被派看守草料场，便在风雪之中火烧了草料场。林冲幸而在外温酒逃出，便杀了陆谦，投入梁山。在山寨之中又因王伦忌才嫉能，便火并了他，让晁盖坐了第一把交椅，派小喽啰前往东京搬取家眷，谁知娘子却已自缢身死。他在梁山泊马军五虎将中是第二员大将。

梁山泊一百零八条好汉之中，论人品武艺，林冲可以说是上上之选的。他有磊落的豪情，他有大将的风度。八十万禁军武师教头，来头也并不算小，地位也并不算低。可是他生不逢时受尽了折磨，受尽了迫害，在九死一生中，好容易才奔上了水泊大寨。如果说逼上梁山这句话，适用于每一个人，而应该更适用于豹子头吧！我们推求原因的所在，他的遭际，便是由当时豪门恶霸式的官府势力所造成，他不幸处在那一个环境，更不幸做了高俅的部下，这便成了悲剧的渊源。所以看过林冲的血海冤狱，就可以看到了魔鬼当道杀人不眨眼的世界了。

高太尉原是踢行头的嬖童出身，浪荡无行，狎邪骄侈，你想把一国的政治军事属之于这种家伙，赵官家的天下还有什么话说呢？而况，高太尉并不是一个人，在他的统治之下，形成了这样的一种欺压百姓的势力。在高太尉衙门之内，除了他本人之外，既有一个螟蛉义子的花花太岁，更有一个既会设出诡计奸谋的虞侯陆谦，又有一个帮凶的狗腿奴才富安，再下边还有奉私不法的差役董超薛霸。在这种情形之下，纵有三个五个的林冲，又怎能逃得出他这一集团的黑暗巴掌呢？

卢俊义有了一个与仆私通的婆娘，因而遭到枉害，家庭的惨变尚有可说。而林冲的娘子，既贤惠而又烈性，凭空里却无端地碰到了花花太岁这样的淫根，既在岳庙内遭了调戏，又被设下圈套，赚到陆谦的家中。等到了二次皆不得逞，于是便必欲死林冲而后已了。试看高衙内之装病在床，以动高俅，陆谦富安之施奸谋，君子可以欺之以其方，佳人爱脂粉，英雄好宝刀，这样误入白虎堂之骗局，自然就成了天造地设的陷阱了。再进一步刺配沧州，野猪林董超薛霸的暗害，林冲之不死者，也间不容发了。最后，陆虞侯更来了一个的毒辣手段，引出了风雪山神庙，火烧草料场，这样，七尺昂藏的林冲，便成了莽莽天涯，孑然一身，有国难处，有家难归的人了。在林冲刺配沧州之时，写下休书，还说道：“……今去沧州，生死不保，诚恐误了娘子青春，今已写下几字在此，万望娘子休等小人，有好头脑，自行招嫁，莫为林冲误了贤妻。”不但断定了自己前途的险恶，更似乎预知到娘子身殉致死的凶兆。一语一泪，使人不堪卒听。更可见在高太尉集团的势力之下，谁要想安居乐业，谁要想家庭夫妻美满团聚，一切都不可能。而同时，也就不能不出于奔上梁山之一途了！

林冲是一个爱交朋友的豪士。在他的交游上，也有一个很好的对比，因为会到了鲁智深，惺惺惜惺惺，好汉爱好汉，便结成兄弟。以后野猪林，却由他救了性命，一路伴送，到了柴大官人庄上。但另外也因为交结了一个陆虞侯，便三番两次吃了他的亏。这足见受逼受迫的人才是他同命运者的好相识，江湖上的无处可归的流亡之徒也正是自己扶危济难的人。至于那些豪家的爪儿、牙儿、鼠儿、狗儿如陆谦之类的东西，他们是会三刀两面，脸上很亲热，背后里害人，只顾替他主子画策帮凶，绝不会有丝毫的友情道义存在。林教头心地光明，胸如皓月，他又哪里知道，在甜言蜜语之中，正伏下了一重一重的无数的杀机。一个是堂堂的人，一个是龌龊的狗。这，也正由于林冲与陆谦是处于两个不同的地位的。

林冲到了梁山之后，本来应该是他的蹇运终止的时候，可是又碰到了一个度量褊窄，忌才嫉能的读书人的败类王伦。赵官家的天下可以由高太尉任意横行，梁山泊是叛逆的世界，却不许有宵小混迹。林冲之出于火并，固由于不得已，然而，由高俅身上所得之积郁，泄之于王伦，梁山泊得以整肃而归兴盛，这又不止是他个人的扬眉吐气了！

双鞭呼延灼

新　赞

背赵宋，降梁山，
识时务为俊杰，
实无愧无敌之双鞭！

呼延灼是宋朝开国之时河东名将呼延赞嫡派子孙，善使两条水磨八棱钢鞭，左手十二斤，右手十三斤，有万夫不当之勇。初作汝宁都统制，后由高太尉举荐，前往“剿平”梁山，面圣出兵，道宗皇帝亲赐“踢雪乌骓马”一匹，因使用“连环马军”大败宋江。梁山泊乃由汤隆献计，时迁盗甲，把徐宁赚得山来，教使钩镰枪，破了“连环马”。呼延灼因为失了归路，便投奔青州慕容知府，半路在店中，又被桃花山的打虎将李忠、小霸王周通偷了“踢雪乌骓马”。见得慕容知府之后，慕容知府便请他先“剿平”了桃花山、二龙山、白虎山，结果惹出了三山聚义打青州。二龙山的孔亮，又向梁山请来了大军。吴用设下了陷坑计，宋江亲自诱敌，呼延灼在追赶中，落入陷坑，遭了挠钩手的捉捕，便投降了水泊，并进兵赚开了城门，大破了青州，因此三山都归入水泊。他在山寨之中马军五虎将里成了第四员大将。

呼延灼应该说是赵官家最标准的“剿戡”梁山的人才，他武艺高强，有万夫不当之勇，又是名将呼延赞之后，不是“寇”根“贼”种，不至于沾染上草莽野气。又是炙手可热的当朝执政要人高俅所举荐，可以说是豪门势家亲手提拔出来的嫡系人物。有了这些条件，派他去担当这一副重任，真能使道宗皇帝和踢行头专家的高太尉认为千妥万当而毫无一失。况且他只是一个小小汝宁都统，居然一朝通泰，挂了帅印，别管攻打梁山上被逼落草的老百姓，不是同辽金等大国交锋，但在剿民重于国战的当时，可也终是轰轰烈烈三军司令的大元戎哩。所以当出兵之日，面君之时，道宗皇

帝勉勖有加，还钦赐了一匹“踢雪乌骓马”，圣眷之隆，可想而知了。就这些情形去看，再凭了他两条水磨八棱钢鞭，又会练出了“连环马军”，那么“剿平”山寨，活捉宋江，扑灭水寨，杀尽喽啰，在呼延灼的心里，自然成为毫无疑问定可预卜的壮举了。

可是，结果并不这样，虽然也曾力敌过秦明、林冲等五阵人马的车轮战法，虽然也曾用连环马，把宋江大败了一阵，但终是先折了彭玘，再加上一个远路赶来的炮手凌振，到后来又冤家路窄，碰上了一物降一物的神枪手徐宁的钩镰枪，终至于军马衣甲盔刀，损失净尽，连先锋官韩滔也做了俘虏，只剩下一个人凄凄凉凉，匹马双鞭，腰包里连盘缠都没有的失意败将，这也够黯淡的了。他为什么失败的这样惨，其实也并不是他自已武艺不如人，也并不是双鞭连环马无效，更不是徐宁的钩镰枪太厉害，这些都还是战术上的问题。打开天窗说亮话，北宋在道宗皇帝朝代，已经是“开到荼蘼花事了”的末日了，宫闱里边，皇帝只知道土耗子一般打地洞，偷嫖妓女李师师。朝庙之上，全是一班奸险毒恶的豪门小人当政，极端的剥削和压迫底下，天下的豪杰，不是愤上了梁山，便是逼上了梁山。民心已失，这胜败的关键早已无形中判定了，呼延灼到底是一介武夫，未能深明此理，义之所在，这失败又哪里仅仅是战之罪呢？

他最凄惨的还不止此，战阵之上，可以连战数十将而不惧。等到他踽踽独行，落在青州道上的小客店中，连桃花山的打虎将李忠之辈，论武艺实在比他差了十万八千里，也能夜间盗去了他的宝马。这时候，呼延灼虽然不是垓下的霸王，可连乌骓马都没有了。末路穷途，时衰命蹇，凭一个顶天立地的帅爷，到此也只能依附了慕容知府做了他事实上的裨将，梁山打不了，只能“剿”小山小股，这时候的呼延灼，已经是威风扫地矣！虽然他还幻想着“剿平”桃花山等处，夺回了乌骓马，再由慕容知府一力保奏，恢复了自己的地位，重新贯彻他那“剿戡”的决心。呼延灼也算够顽强的了。可是他还没有想到朝廷昏乱，英雄好汉散而至于四方，是无处不在的，别看桃花、二龙、白虎这些小山小寨，也还有杨志、鲁智深、武松这样的能手呢，也够你一番应付的。而况孔亮还会到梁山上去搬救兵。所以三山聚义打青州之后，这位英勇无敌的大将也就不能不落下陷坑，遭了钩镰了。等到擒到寨内，他眼睛清楚，看明白了梁山泊不像赵官家的朝廷，更不似高太尉的衙门，一边是大义凛然，一边苛虐无耻，因为他本身是正直无私的汉子，到这时自然会心悦诚服地归顺了梁山了。就他身上看，可以说得是识时务的俊杰，从整个宋朝看，像呼延灼这样坚决于“剿戡”的人物，还终不免于一降，这天下又有什么希望可言呢？

呼延灼之投降梁山，也许有人以为：领兵不能取胜，兵败不能成“仁”，终于落草为“寇”，未免江河日下；其实，别看他领兵挂帅，督“剿”一方，做宋朝的喽啰，当豪门的鹰犬，也不过是流氓高俅的奴才小厮而已，并不见得有什么光荣。而况他如果不投降梁山，双鞭虽强，也不过用来打杀老百姓。连环马虽厉害，也不过拼命践踏被迫害的人民，那么，呼延灼只是民贼，还算得什么英雄呢？

至于投降之后，赚开青州城，后来又月夜赚关胜，这些立功，我想并不单是为了取信山寨英雄。因为认识了梁山，认识了自己，受着梁山泊的精神的感召而奋发起来，是必然之理。如此说来，呼延灼之投降，才真正是赵官家的武将们应走的大道哩，那么他也实在配称得识时务的俊杰了！

小旋风柴进

新赞

纵让你是金枝玉叶，
不如人家裙带情深。
誓书铁券挡不住非刑拷打，
梁山泊便添上了没落王孙！

柴进，绰号小旋风，是沧州横海郡人氏，是后周柴世宗的后裔，也可以说是金枝玉叶，没落王孙。他生得龙眉凤目，皓齿朱唇，三牙掩口髭须。生性豪爽，武艺精通，好交结天下往来好汉。林冲在刺配沧州，大闹野猪林之后，曾投奔过他。宋江逃出郓城县，也曾在他家里做过宾客，并且资助过武松。这些事情，都是被江湖称道的。因为柴进的叔叔柴皇城被高廉的小舅子殷天锡强占花园，怄气卧病在床，柴进带了李逵前往探视，李逵斧劈了殷天锡，自奔梁山去了。高廉便捉了柴进，御赐的誓书铁券也失了效力，痛打之后，钉了二十五斤死囚枷发在监牢。等到梁山泊入云龙斗法破高廉，打破了高唐州，柴进却被节级蔺仁放入枯井之内躲藏，黑旋风下井救柴进，乃一同上山落草，他在山寨之中，是执掌钱粮的头领。

在大宋皇帝的脚下，从来就是重裙带关系的，一个正在势头的阔人的小舅子，自然比没落王孙来的作威作福些。这事实的证例，最好拿《水浒传》中小旋风柴进亲身经历的悲惨生活，就用不到再加上什么诠释了。

柴进是后周世宗柴荣的后代子孙，这也算是贵族社会中的金枝玉叶吧，可是当着他的时代柴家的天下早已垮台了，陈桥兵变，黄袍加身，陶穀袖筒子里私房皇帝也传了好几代了。他那副遭了霉的贵族架子，论起分量来，上起秤盘称来，怕也比不上一根鹅毛重吧。可是谁叫他叔叔柴皇城家里还有花园，这花园可又被殷天锡看上眼了呢？殷天锡者，是高唐州知府高廉的小舅子，高廉又是踢行头的好手太尉而兼皇帝帮闲的高俅的堂叔兄弟，这一连串的绳儿带儿拖拖拉拉，真也是一家坐了皇衙，鸡犬都要飞升的局面，不必说高俅是炙手可热的角色，就是高廉本人，在"剿戡"时代一个兼管兵马的官儿，自然可以杀人不偿命的，他的小舅子不要说讨一座花园，就是讨谁的骨头谁的筋，也都应该现抽现剥的双手奉上。就势论势，殷天锡实在没有过分。如果殷天锡是谦谦君子，不强霸，不强夺，这我倒反而觉得是天下反常的事了，是出人意料之外的事了！

所以问题还在于柴进本身，有人说没落王孙十个便有九个呆，柴进虽不见得呆，却也未必见得通达人情世故，他还真以

为誓书铁券便是赵官家替他写了包票，开了保险公司哩。他不晓得做皇帝的人从来都是说话不当话，从来都是转眼无情，翻脸无恩。横竖柴家早已衰微，不但姓赵的不怕你还能抢夺宝座，连姓高的姓殷的也何必去买你这股子陈年旧账呢？如果真的是讲情论法的世界，自然殷天锡不该强占柴家花园。而殷天锡气死柴皇城，这是冤有头，李逵打死殷天锡，也一定是恨有主。断之于理，诉之于法，自是天公地道。追本求源，姓殷的虽然理缺，可也不是讲不明白的，倒是殷天锡身后有靠背，靠背之后还有靠背，那么还有什么法理可讲呢？而柴进不识时务，便以为誓书铁券可以免搜免死，这里就出现了靠背与铁券的斗法，现实世界的靠背究竟比失时失色的铁券来得有势力的多，那么柴进的遭受非刑，还不是剥出屁股讨打吗？话如果再说深一点，殷天锡仗了靠背欺人凌人，这固然是官家无理无法的一面。而柴进家因为皇位转了手，聊以慰情地得到这份誓书铁券，便可以免搜免死免罪，也未必是社会上的公道吧？柴进不幸碰上了高廉的舅太爷，官大势大，如果是碰上的小民百姓，誓书铁券还不是铜墙铁壁，杀人害人都不怕犯罪，不担心事吗？所以说柴进之以为誓书可靠，还是贵族的想法，老百姓是凭公论事，凭理论事，绝不会稀罕什么护身符借了自保，认为鸟书鸟铁就可以不讲公道而可免搜免死的哩！

由此推求下去，这就因为做皇帝的以一人之大私而自以为天下之大公的实质。假如柴进不是过时的贵族，后周尚在，柴荣犹存，金枝玉叶还未没落，其身边也未必没有高俅之类的宠臣，也未必没有宠臣的兄弟的小舅子，那么仗势欺人的苛暴，固不外赵官家一姓为然吧？根本上，当皇帝的都是踞坐金殿的真强盗，皇家都是真正贼窝儿，那么贵族和老百姓就有基本上的不同了。柴进因为是没落贵族，所以他虽脱不了贵族想法，但到底比不上当朝的天王老子；而赵官家呢，因为是今上，所以沾连着边儿沿儿的高廉殷天锡，就更明显地去强霸，去“剿戡”百姓了。

话再说回来，正因为柴进是没落贵族，他才能结交林冲、宋江、武松之流的江湖好汉。如果不然，他姓柴家还有人做皇帝，宋江之流又哪里不是他扑杀“剿戡”的对象才怪哩！不过，反过来，因为结交好汉们多了，贵族气也会减退，也会和梁山泊精神相沟通，自然也会反转来受皇家贵族的欺压，也会落草上梁山的，到这时，柴进已不是没落贵族，而变成了十足不扣的梁山好汉了！

小李广花荣

新 赞

清风寨，神箭手，

贪污苛暴政权做的鹄！

花荣，青州人氏，祖代将军之子，宋朝的命官，善使一副弓箭，百发百中，所以有“小李广”之称。他官居清风寨副知寨，正知寨文官刘高，乃是一奸险小人。他和宋江是好朋友，当宋江杀了阎婆惜，从柴进庄中，奔到清风寨投他，路过清风山，王英掠了刘高的婆娘，宋江婉劝释放。等到宋江会到花荣，适遇元宵节，夜看小鳌山，谁知刘高婆娘恩将仇报，诬宋江是清风山大王，捉进寨内。花荣带领人马，大闹了清风寨，后来自己也被黄信赚去捉了，解往青州。途中却被燕顺、王英、郑天寿劫救，并且劫了刘高，又打败了秦明。乃偕秦明、黄信、燕顺、王英、郑天寿同赴梁山泊。路过对影山，遇吕方、郭盛为了争山，两支画戟，难分胜败，戟上绒绦忽然结住，花荣搭上箭，拽满了，一箭射去，正好把绒绦射断，两旁二百余人，一齐喝彩。后来梁山射雁，又恰中第三只头上，吴用称他说：“休言将军比小李广，便是养由基也不及神手！”他在山寨是马军大骠骑兼先锋使。

梁山泊上以“朝廷”武官身份而归寨落草的许多人之中，如果说大刀关胜有儒将之风，倒不如说小李广花荣才真正的风流蕴藉，潇洒儒雅哩！因为关胜是一举一动模仿着乃祖乃宗，亦步亦趋，毫无自己的丰神异彩，而摆着空架子吓唬人，使人只觉其假，未见其有什么可爱之处。小李广则反是，《水浒》作者并没曾对他以儒将相许，但他的谈吐，他的行动，无一而不显露着珠圆玉润，朗月青山般的浑朴含蓄，从这中间透出书卷气。

这原因大约由于他是祖代将军之子，家学渊源，有所陶冶。然而，他的乃祖乃宗可又不像关胜的祖宗那么威名赫赫，连如今在舞台上扮演起来，还是架子红生哩。正因为他祖宗八代，不是香火供养的泥塑木刻的塑神，不是墙壁之上挂的神轴儿，他也就用不到专于借祖宗架子来装腔作势，也就更容易看出自己的本色。

清风寨虽然在青州地界三岔路上，通着三处恶山的要塞，可是一个小小的副知寨，也并够不上说是“朝廷”的将儿帅儿，自然没有什么大的排场。但羽扇纶巾，轻裘缓带的气度，他是使人觉到英而不猛，威而不厉，卓然有周公瑾之指挥若定的才具，其温文和蔼且驾而上之。这点据我想《水浒》作者不单是描绘了他个人，而且，正是给那一位正知寨刘高老爷作一个很好的对比哩!

宋江到了清风寨，与花荣谈到了清风山救刘高婆娘一事，花荣说得好："近日除将这穷酸饿醋来做个正知寨，这厮又是文官，又不识字，自从到任，只把乡间些少上户诈骗，朝廷法度，无所不坏，小弟是个武官副知寨，每每被这厮怄气，恨不得杀了这滥污禽兽，兄长却如何救了这厮奴，打紧这婆娘极不贤，只是调拨她丈夫，行不仁的事，残害良民，贪图贿赂，正好叫那贱人受些玷辱，兄长错救了这等不才的人！"从这段话上，不但使我们看到"大宋"赵官家皇帝脚下，上至蔡京高俅之辈，一直传到最低层，这一个府里的小知寨，虽然叫做文官，可都是胸无点墨的货色，胸无点墨，便就不学无术，而且会残害良民，贪图贿赂。花荣世代簪缨，自难与下层老百姓心意打成一片，也不会替他们说话。但他所看到的上户，都已经受了诈骗，不得免焉，下层老百姓就可想而知了。文官如此，而武官花荣者却并无恣肆横暴的气焰，这种对比，就因为花荣还不是他们蔡京、高俅，以至于慕容知府这个系统中的小喽啰小走狗，那么，他便有积累的郁闷，他便看不下这种种的勾当，而终于不会安然地做着赵官家的武官，迟早总会上梁山落草聚义的。

正因为这样，花荣之上梁山并不是简单的文武不合，实在贯串了一个“大宋”皇朝本质上好人坏人无法并立的因素，自然更不单是由于宋江之进清风寨，之遭刘高婆娘的诬陷。不过，宋江之来，予以爆发，宋江之来，使他在抑郁的积闷之外，再加上了江湖的义气，而神箭手的箭在弦上，又焉能不发呢？

世界上有刘高夫妇之无中生有，之官报私仇，就会有花荣之不惜一身荣辱，不顾劳什子官爵俸禄，甩官帽，去官爵，而必欲抢救宋江出险，甚至于随着他被载上囚车，挣了一个造反

和沟通清风山强盗的官家的罪名，大义凛然，实在在关胜之上。像他这种种，就是世代簪缨，我们又哪能鄙薄而不加以重视呢？

花荣是以善射著称，对影山一箭分开两支画戟，解了吕方、郭盛之和，已足使二百余人一齐喝彩。梁山泊射雁，不骄不矜，又恰好射中了第三只雁的头上，从容不迫显出了英雄身手。不能不使晁盖、吴用心服，特别是射刘高派来人马之时，先向左右门神两箭，最后只喊两声，箭并不发，而来兵退矣。神功在威而不在杀，我于花荣不能不三折肱了。

黑旋风李逵

新　赞

有李鬼之假，
乃见李逵之真。
吾爱其纯，
吾悯其赤膊上阵！

李逵是沂水县百丈村人氏，原是戴宗身边一个小牢子，本身有一个异名，唤做黑旋风，他乡中都叫他李铁牛，是彪形黑大汉，满嘴赤黄胡须，性格粗鲁，好赤膊上阵，善使两把板斧，火杂杂地抡着只顾杀人。在浔阳楼，因为向酒家借钱作闹，会到了宋江，倾心下拜。宋江给了银子，便去赌钱，赌输便抢别人东西。又因为争鱼，斗过浪里白条张顺。宋江智取无为军，捉住了黄文炳，由他来零割了。上山之后，回乡迎母，路上遇见剪径的假李逵李鬼，杀了那厮，接着老母，回路背到沂岭，却被老虎吃了。他一时怒发，便把四只虎一齐杀掉。三打祝家庄，误杀了扈太公一门老小，又错疑宋江自讨扈三娘。请朱仝上山时，他又劈死了小衙内，在高唐州打死了殷天锡。二取公孙胜，斧劈过罗真人，赚卢俊义时，他扮过哑道童。更误杀过前来投奔梁山泊的韩伯龙。他一生憨直，一生存真，他在梁山泊只服“宋江哥哥”，他是山寨中的步军头领。

读《水浒传》者，对于黑旋风李逵的为人，没有不拍案叫绝，认为快人快语，快人快事的，其粗鲁处也正是他的可爱处，其天真处也正是他的妩媚处。他像一块纯正的璞玉，他从没有用虚伪雕饰，掩盖了自己的真实。自然，在纯正之中，也许使人觉到他质美未凿，只存了一个良美的坯模，还没有完成一个至高至上材料，但真到底比假的有价值些。

我尝追寻梁山泊之中一百零八条好汉的来历出身，有的是赵官家的武官，有的是衙门里的高级差役押司，有的是没落的

读书人，有的是江湖上的流荡好汉……真正从庄稼人种田夫出来的几乎没有。农民在官吏地主苛虐榨取之下，逼上梁山，更是必然的路。可是小喽啰姑且不说，为什么头领中竟是没有，这自然由于农村破败，铤而走险，至于草莽江湖好汉也不外是庄稼人的转化，但真正更能充分地保存了农民的气质格调的，怕是顶数着他的纯真，其来源盖由于此吧？

别看他在戴宗手下当一名小牢子，小牢子地位不如节级押司，而上衙门当差，怕也不会太久。所以他野生生的，不懂得社会上有这么多的浮文缛节，不晓得做人需要洗煅磨炼。他是一个未开凿的处女地，正符合漠漠的大地，茫茫的原野。这气魄，这资质，这纯良，这天真，绝不是在衙门官府江湖书斋久经历阅的人物所能够保存的住，也可以说他是一个原始的农民模型，把他放置梁山泊上，便另具姿色了！

正因他是具有这农民的纯真的性格，所以《水浒》作者才安排了一个假李逵作为他的对照，一个是处处存真，一个是处处作假，李鬼冒名李逵，假充好汉。然而，没有真哪能看到了假，没有假又怎能把真勾勒的清楚分明呢？他向酒家直率地借钱，有钱就赌，赌输便抢，这固不足为法，但也是他的纯真，直筒子，直肠子，毫无虚伪之处。他斗浪里白条张顺，虽然明知道自己水里功夫不行，懂得骂道“好汉便上岸来”，可是人撩拨得他火起，也就忍不住跳到船上，被翻到水里，这种莽撞易于光火，不又是一个憨头相吗？然而，正因他是憨头，他才能在不打不成相识之后，向张顺说出了“你路上休撞着我”。张顺也回答他道：“我只在水里等你便了。”二人的话是多么爽直，但又是多么的风趣啊。所以我们不能单看他的粗鲁的一面，而粗鲁中也有妩媚哩！

李逵是以孝著称的，听见了公孙胜搬取母亲，便想到自己家有老母，抱头痛哭之后，也去搬取。不幸他的老母在沂岭被虎所吃，他一连杀了四条老虎。我尝想他的杀虎和武松的打虎是不同的，武松出于自卫，而他则是恨之深的宣发；同时，我也更想到，大破无为军，捉住了黄文炳，由他来动手割杀，他说得好：“你这厮在蔡九知府后堂，只会说黄道黑，拨置害人，无中生有撺掇他，今日你要快死，老爷却要你慢死。”这正是杀虎一样，不但恨之深，而且是把个人的仇恨扩大地担负了友朋的仇恨，这精神，也只有铁牛才抒发得痛快，抒发得真切哩！

因为他的朴质纯真，才摔死小衙内，这还可以说是为了赚朱仝。但打死殷天锡，到底给柴进闯了祸，劈了罗真人，自己又吃了几次苦，特别是打破祝家庄，误杀了扈太公全家，有杀降的错误。在朱贵店里，又当做冒充货把投奔梁山泊的韩伯龙杀了。这些，固然违背梁山泊的精神，但不怕天，不怕地，不知畏惧，更由于从他心底下，蕴蓄着的祖宗八代的对这社会的积恨，使他眼睛里是存不下一粒沙子的，泄之而后快，便是他的本色，又哪里是天生的杀人成性呢？

正因为这种心性上的特点，更发之于他的技术，他沉不住气的，时常表演着那赤膊上阵的英勇了；赤膊上阵，挥开板斧，杀砍起来，固然痛快；但梁山泊的精神，可也不单是专为了痛快，杀得痛快，就难免有错，所以李逵的斧头也就有锋利的一面，和闯祸的一面了。甚至于一赤膊，就不觉自己的肉体中枪中刀带花见血的危险。所以说李逵的纯朴天真，足以令人感情奋发。但梁山泊幸而只有他一个，而且时时还在宋大哥的督责纠正之下。不然，这天真发挥起来，还不知出多少大岔子哩！

不过，话还得说回来，卢俊义活捉史文恭之后，宋江愿以第一把交椅相让。李逵说："我在江州舍身拼命跟你来，众人都饶让你一步，我天也不怕，你只管让来让去做什鸟，我便杀将起来各自散伙！"卢俊义做不了山寨之主，这是人人心里的想头，可是能说得这么中肯彻底，就只有他这个憨大，从这里看憨大的最质朴最天真的嘴巴，有时，也正是许多人的心理的反映哩！所以他装哑道童时，不妨口里含着一枚铜钱，而在这种重要关头，多说几句，也正是不妨的呢！

至于智取无为军之后，他说："放着我们许多军马，便造反怕怎地，晁盖哥哥便做了大宋皇帝，宋江哥哥便做了小宋皇帝……杀去东京，夺了鸟位，在那里快活却不好，不强似这个鸟水泊里！”谁也知道，梁山泊里的分子中存在了不少赵官家的军官贵族，他们对大宋皇帝怕还存了不少的幻想，怕还听着造反全身打哆嗦，这是限制梁山泊精神的发挥的，晁盖哥哥宋江哥哥，为了整个的梁山内部的义气，有所不便说的话，憨大的嘴巴却不顾这些儿，天真之中见真理，从这一点上看，李逵更是梁山泊所不可少的人物哩！

铁臂膊蔡福、一枝花蔡庆

新 赞

剑子手，知尚义。

小押狱，心肠热！

杀人须见血，救人须救彻！

蔡福是大名府的两院押牢节级，兼充行刑刽子手，北京土居人氏，因为他手段高强，人呼他为“铁臂膊”。他的嫡亲弟弟蔡庆，是他手下的小押狱，生来爱戴一枝花，河北人顺口叫他做“一枝花”。当卢俊义押进了他管的监牢之后，蔡福先接应了燕青做乞丐讨来饭给卢员外吃，后来李固送他五十两银子，要他晚间来一个光前绝后，他却进一步提出了五百两。回家之后，柴进又到了他家，又送了一千两银子，他便和蔡庆商量，蔡庆说：“杀人须见血，救人须救彻。”便拿一千两上下打点了梁中书、张孔目，保全卢俊义性命，李固虽然催他行事，他只是厮推，才得判了刺配沙门岛。等放冷箭燕青救主之后，卢俊义再被捉回，定了死刑，仍由蔡福执刑，幸有石秀跳楼救了，直到吴用智取大名府柴进和乐和扮了军官，先见了蔡福，他便担了血海干系，把他俩扮成公人，带进狱中，等大名府打破，他们便救了卢俊义，一同上了梁山，他们在梁山上的职务，是专管执刑刽子。

社会上无数的行业中，竟有拿杀人做谋生之道的，这实在是人间最残酷的事，这种职业刽子手，他对于他所杀的人，既无仇，又无恨，可是自己吃了这行饭，就要把别人所要杀的斫的，借了他的刀刃让那人身首异处；而且，还用了什么天命，官判，御旨……种种的粉饰，更有什么监斩官，保护刑场的军队、士兵等等，来安排着这杀人不眨眼睛的场面。官家把他们的“法”，做了杀害人的借口，而腥了手的，拿刀斫向死者的颈子的，却是他。这样，职业刽子手这一行当，事实上也就等于一把刀，一具绞架，只是一个杀人的工具而已。

可是人到底是活生生，是有生命的，他不是钝铁，也不是炼钢，他不会像刀头那样是呆呆的没有生气，他不会老被人拿在手头上利用着，任凭别人的爱恶杀来杀去，他不会杀人杀久了变成麻木。相反，他们从血腥中认清了这社会，认清了自己这痛苦的，被动的失掉人性的生活，而在心理上，起了另一种反应。蔡庆说得好：“杀人须见血，救人须救彻”，杀人和救人，本来是两件相反的事，然而，从杀人的经验上看到了救人的道理，这原因，就由于他们不是从自己本心里的恨怒而去杀，却是由别人调排着做了工具而不能不杀人，这正是他们的悲哀，也正是他们心手矛盾中所发出的呼声，所磨炼出来的认识的。

固然，蔡福、蔡庆是衙门中人，俗语说得好：“衙门八字开，有理无钱莫进来。”而况，卢俊义被诬成私通梁山，这是干犯了“剿戡”重法的要犯，或生或死，的确是一笔大生意经，所以李固一开盘，就提出五十两银子，蔡福再一提价，于是又加了五百两，买死一个河北三绝，这讨价还价实在说也不应该吝啬，因为他死了，李固可以久占他的婆娘，连带了家产，蔡福是看准了这一点的。可是等到柴进一到，人家毕竟是祖宗前代出过皇帝的人家，一开口就是一千两，买一条活的，两路进财，又是一注大买卖，这不单是说明了蔡福招财进宝，生意兴隆。还要透过这件事，看到了所谓官府衙门就等于开人肉店铺。小小的一个刽子手，小小的一个节级，小小的一个小押狱，就可不用跑街兜生意，成千成百的银子送了上来。那么如蔡京、王黼、高俅、梁中书这些大官大员，难怪他们不日进斗金哩！

不过，蔡氏弟兄到底还是良心未泯的人，到底还沽定了放生不卖死这一面。我想，这也不单因为柴进价钱出得高，出得大，吃衙门饭的除了敲钱要进奉之外，也有另一套，就是江湖气，和江湖人物通声通气，宋公明大哥就占了这一套本领。蔡氏兄弟果然赶他不上，他多少也是有着湖海的度量，豪爽重义的气质。蔡庆的话，就是这种精神的十足的表现。如今既不从杀人见血，那么救人就非救个彻不可了。

救人之道，羊毛出在羊身上，柴进这一千两银子，梁中书、张孔目都是好利之徒，上上下下一打点，案子往下一拖，再向李固一搪塞，卢俊义的性命便活一半了。蔡庆说："葫芦提配将出去，救得救不得由他梁山泊好汉。"这似乎与"救人救彻"之旨有些违背，其实，他兄弟俩也只能做到这点，别看后来当卢俊义架出牢来，一个扶了枷，一个提了刑刀，如果没有石秀跳楼，这卢员外也许午时三刻，大炮一声，人头落地吧？要说刀把执在他手里，但上有王命官命，生杀之权还在刽子手之上的刽子手身上。他们不过磨房里的叫驴，要听别人的喝声，所以说所谓职业的刽子手者，和刀是一样的，只是一个工具而已。

蔡庆口里说出了"救人须救得彻"，所以当吴用智取大名府时，柴进和乐和去找他，请他引进狱去。杀人虽然由他掌刑斫头，可是自己并没有什么干系担在身上，而救人呢，却要担了血海的干系了，这样说救人就比杀人难了，他们能不怕担血海的干系，这救人也够彻底了。从此，再进一步从职业刽子手，变而为职业的救人的人，上梁山也是必然之理了。

他兄弟俩到了梁山，仍然充当掌刑刽子，刀还是那刀，可是过去是杀梁山义士，杀老百姓的，而今却变成杀贪官污吏害民贼的了。所以说工具要看把在谁手里，那么即使说人从刀转，而他俩也终是转了一个新的方向了。佛说，“放下屠刀，立地成佛”，其实那还是消极的哩。如果掉转刀头杀害老百姓的人，那么，他俩即使还是刽子，也是最彻底最积极的救人的人了！

玉臂匠金大坚

新 赞

善其事，利其器，
刻石琢玉，造梁山之兵符印信，
不作雕虫之小技！

金大坚，济南人，外号玉臂匠，开得好石碑文，刻得好图书玉石印记，亦会枪棒厮打。上山原因，是因为宋江被陷江州牢内，戴宗去东京向蔡京报信，趁机经过梁山，报与晁盖，吴用乃设计伪造假书，并派戴宗假说泰庙五岳楼要立碑文碣石，请了萧让和他两人。萧的字体甚似蔡京，他便雕了假的蔡京图章，盖在信上。戴宗走了以后，吴用忽然醒悟起来，这图书是雕错了，因为那图书玉箸篆文“翰林蔡京”四字，虽然雕得没有破绽，但蔡九知府是蔡京的儿子，如何父写书与儿子，却使了讳字图书，差点送了宋江和戴宗两条性命。这自然不能怪他，那实在由于吴用的“智者千虑，必有一失”的见不到处。他在梁山泊中，是专造一应兵符印信的头领。

一提到梁山泊，也许会有人想到那聚义厅上，应该全是使拳动棍，玩枪弄刀，甚至于卖人肉包子，请人吃面刀的家伙。而他们所作所为，不是打庄劫舍，便是攻府陷城，以至于剪径抢掠，杀人越货，用的是武艺，重的是气力。那么，如倒拔垂杨柳的鲁智深，拳打猛虎的武松，扬起了两把板斧乱劈乱砍的李逵，才是标准人物。再不然就是偷鸡的时迁，盗马的段景住，虽然不是顶呱呱的好汉尖儿，但大约也应该占一席地的。另一方面，像赵官家的武将们被捉投降，尚有可说。读书的秀才如吴用者，实在就不是梁山泊的材料，而萧让这样的书法大家，欧柳颜赵苏黄米蔡一概不挡，难道在梁山泊聚义厅

上，悬挂起字轴，让李逵之流目不识丁的老粗，欣赏他的艺术吗？那真是对铁牛而弹古琴了，还有什么味道呢。至于和萧让一道上梁山的玉臂匠金大坚，刻石雕玉，说高明一点他是金石家，说低一点，他也不过只是石匠而已，梁山一百零八条好汉，大约没有谁是玩金石的名士雅人，而山里自然产的是石头，山寨的头领们，可也不曾如秦皇、汉武、隋炀帝这些当朝帝王，一年到头不断地兴土木，盖宫室，建台园；宋江哥哥也不如坐在汴梁城里的道君皇帝那么风流，需要从地底下钻到李师师的绣房里边偷情，更用不到他开地洞，凿隧道；从这些地方去看，像金大坚这种人，在梁山之上，虽然也叫做头领，但到底自己无聊，别人也会觉到他是赘瘤的。

其实，这种看法，还是不懂得梁山泊的。梁山泊固然有用兵用武，为自己和替老百姓打不平，摧残赵宋皇帝统治的一面，这自然是好汉们的责任，武将们的事儿。然而，当他们披荆棘，斩草莱，创下了这个山头，便就不单是对外的攻城陷阵，驰驱疆场，另外还有治理山寨的布置。梁山泊虽然是聚集了四方八路英雄好汉，他们却是以义相助，以打击贪官污吏害民贼做了自己的事业，绝不是单单乌合之众。而况，梁山泊里头领们就有一百零八条好汉，头领以下，还有成千成万的大小喽啰，没有治法，怎么能有条不紊？宋江哥哥既然坐了第一把交椅，他是当家的主儿，可是他也要根据了大家的心儿意儿，发号施令，那么，梁山泊就不能不各尽其长，各适其用了。武将们有武将们的用处，而刻石头雕图书的，自然也需要他来专造一切兵符印信了。梁山泊的聚义厅是典章法令规模具备的组合，那么有一技之长，便绝不会叫你不得施展的。别看金大坚只是一个石匠，只会拿刀子刻石头，他的刀锋，他的臂力，也自然赶不上李逵的板斧，蔡福、蔡庆的刑刀，杀起人来爽利，但要治山寨，就得用兵符印信，那么他就不是尸居空位的备员了。就最小微处说，梁山泊大兵一到，便要出榜安民，文告之上没有一块豆腐干的红印儿，又何以取信于百姓呢，这就是最明显的一例。

从金大坚身上着想，上得梁山，归入水泊，凭他这份子小本领，发挥出来，用之于实际，就不同于雕虫小技的。梁山泊是包括了各式各样的人才的，只要你为了山寨尽力，只要你为了老百姓着想，贡献了自己的力量，金大坚虽不是战场上的英雄，可也不失为匠人行中的英雄的，也无愧他的玉臂了。

金大坚的上山，是在假造蔡京家书之时，有了萧让模仿的字迹，再加上他所雕刻的玉箸篆文的“翰林蔡京”的图书，这还能看出是作假来吗？可是，岔子也就出在这里，险些送了宋江、戴宗两条性命，没有估计到老子给儿子的信上，哪里会用讳字图书，错在吴用的“智者千虑，必有一失”的见不到处；可是从这里引申下去，金大坚只是技术上的才能，技术是要重视的，但要在正确的估计底下，自然会见其所长，这错自然不在金大坚，但如果他也用一用脑子，能想得周到，又哪里不能补了吴用的不到之处呢？这也许是对金大坚的过高的要求吧！不过，话再说回来，如果在正确的估计之下，即使纯粹的技术，又哪里还会有错呢？而金大坚也会在他的技艺范围之中，而为梁山泊立了大功的！

青面兽杨志

新　赞

杨制使，青面兽。

穷途半生，结果，只合梁山去！

杨志，绰号青面兽，三代将门之后，五侯杨令公之孙，流落在关西，年纪小时，曾应过武举，做到殿司制使官。生得七尺五六身材，面皮上老大一搭青记，腮边微露些少赤须。忠实老练，行事不苟。十八般武艺，件件俱精。只因道君皇帝盖万岁山，差十个制度使，去太湖边搬运花石纲，路过黄河，遭风翻船，花石失落，不能回京赴任。后来赦了罪，乃收来一担钱物，赴京打点枢密院，求复制使。行到梁山脚下，适遇林冲截劫，王伦下山问出姓名，意欲挽留入伙。杨志不肯，到了东京，被高俅批倒文书，难以委用，盘缠用光，只好在济州桥出卖祖上留下来的宝刀。碰上泼皮毛大虫牛二，故意刁难；乃怒杀牛二，刺配大名府。梁中书有意抬举他，在东郭门教场中，演武比艺，与急先锋索超争功，打了个平手。提升提辖，后来押解生辰纲，在黄泥冈被劫，穷途末路，吃饭无法付钱，不打不成相识，认识了林冲徒弟操刀鬼曹正，指点他去投二龙山，又会到了鲁智深，设计夺了珠宝寺，打死了邓龙，暂时存身。直到三山聚义打青州时，才归入大寨，在山寨之上是马军大骠骑兼先锋使。

浅水困住了蛟龙，穷途困住了英雄。青面兽杨志，凭了三代将门之后，五侯杨令公之孙，再加上家传宝刀，全身本领，虽不能说飞黄腾达，易如反掌，但一个小小的制使武官，一个中号衙门里的小小提辖，应该是弃如敝屣而不屑为的。可是一生的际遇，重重险巇，处处困顿，真会使人疑惑是命中注定的魔蝎，不是人力所能支配的了。可是，再仔细推敲，当其时，当其境，像杨志这样一个行为不苟，直爽的汉子，在道君皇帝时代，又哪有不终日惶惶，置身在穷途末路。这又何尝天命，而不关时代，而不关人事呢？

他从武举出身，做到了殿司制使，一出场并不太坏。押解花石纲，遭风翻船，失落差事。就表面上看，这好似风姨水神故意弄人，但如果没有道君皇帝耽于逸乐，建什么万岁山，运什么太湖石，根本就不会丢了官职，担了罪名。筑山运石，这些，并不是利国裕民之举，而只是皇帝老子害民病国的苛虐之政。制使武官不曾派去镇边守土，而只能替一个独夫搬运石头，我以为这已经够惨的了，即使不遇风失事，又有什么价值。皇帝的眼睛把自己看得比老百姓重，坐罪丢官，还不是当然的吗？可是，正因为他是三代将门之后，心思离不了功名，收来钱物，打点枢密院，请求复官，我们从这里又可以看到高太尉当政执权的世界，贿赂公行，有本领没有用，靠出身没有用，唯一的晋身之阶，还是花花的银两，成担的财物。这样，连杨志也就未能免俗了。如果说批倒文书，是因为罪过太重，我想倒不如说银子财物还不够充满高太尉的私库而被摈的吧。这点，爽直的杨制使，怕还不能理解的真切的哩！

他第二次押解生辰纲，不幸再出了岔子。生辰纲更是从老百姓身上搜刮来的官赃，晁盖吴用之劫夺，是伸天下之大义，而官身不得自由的杨志，接了这份差事，又有谁能保证不

担着风波，比黄河的风，翻船的浪，还要来得凶险呢。黄泥冈是事出必然，而杨志之二番困顿，更是自然之理，这又难道是天命吗？实在说杨志是在替官赃做了保镖，虽然自己处在前不归村，后不归店的苦难中，虽然事非由已，但也无法使人对他同情的。

所以我们肯定地说，杨志两次押运失事，造成蹇运，实非命运，而主要的罪过，也不在他，倒是坐在京城金銮殿上的赵官家，和大名府的梁中书。这些苛虐无情的害人精，不但害尽了天下的老百姓，而且还害了单纯忠实，想图一点功名的直肠人呢！也有人说梁中书对他很重视，东郭门教场比武，也极显出爱才之癖。可是，我们还要明白，在蔡京的女婿的心里，也不过要物色一只干练的走狗，为他押解丈人老子的生辰礼物而已，这又何尝是爱才呢？

最使人不平的，佳人爱脂粉，英雄爱宝刀，杨志在无以为生之际只好连自已家传的宝刀也出卖。可是凭空里又出来了一个没毛大虫牛二，故意刁难于他。牛二不过一泼皮而已，虎落平地被虫欺，杨志受着他逼困，已是令人发指。而当他压不下心中的愤怒，刀子不能不杀向牛二脖子的时候，街坊左右，无不心快；其平日之鱼肉乡里，就可想而知了。这种家伙，我们虽不能说在高俅之流的官家包庇之下，他宋朝的大法，只能向林冲杨志等人施威风，对害民的泼皮是在不论不理之列。这就因为上下即不一气，到底也差不多。那么，杨志杀了牛二，又焉得不置之于“法”呢。如此，我们更可以看出宋家的“法理”是怎么一回事了！

杨志在每到困顿之后，给他一个援手的，总是梁山泊的人。林冲相打而又相识，曹正替他指路夺山，鲁智深更是占领珠宝寺的伙伴，即王伦这个酷涩货，也能招待他，发还他的财物。大宋皇朝逼得他无路可走，而够朋友的，也就只有江湖上的草莽英雄了。

对于杨志的家世，我们如果旁征博引，从乃祖杨令公事迹翻到“杨家将”，金沙滩，双龙会，杨氏全家可算够对宋朝尽忠的了，即使说那还是对外族问题上的。但结果如何，老令公塞外碰碑而死，杨七郎芭蕉树下，乱箭而亡，奸臣潘仁美当道，何曾让他们安然存身过。高俅之流是潘仁美的继续，杨志的受尽逼害，也自是当然。他即使能功名场中一帆风顺，上两代的惨事，早已有榜样在前，又哪里不更遭奸人的陷害呢？如今上了梁山，有了新的着落，改弦更张，另觅一途，且不说他能为百姓除苛暴，除贪污，即退一步看，也足以安全自保，不再和他上两代那样，受着奸人的陷害。这应该是他困顿了一辈子蹇运之后，莫大的幸运吧！

智多星吴用

新　赞

为被压迫者设谋，与不义者为难。

智多星，赛诸葛，先生无愧“加亮”！

吴用，字学究，外号“智多星”，道号加亮先生。祖籍郓城县东溪村人氏。生得眉清目秀，面白须长。多才多智，有勇有谋，专使两条铜链。中过秀才，其初在乡下教几个蒙童。自得了刘唐的报信，就说了三阮，应了七星聚会，智取了生辰纲。因为官府捉捕甚急，便投奔了梁山。初上寨，用计激了林冲，火并了王伦，又举戴宗，传假信，劫法场救了宋江。双掌连环计，打破了祝家庄。赚金铃吊挂，闹了西岳华山。扮算卦道人，预留下反诗，智赚了“玉麒麟”。趁着闹元宵节，城中埋伏，城外进兵，里应外合，用计取了大名府，救了卢俊义。更借用郁保四，用了诱敌之计打破了曾头市。……他在山寨之上，除了伪造蔡京假信，错用了讳名图书，是“智者千虑，必有一失”之外，其他用计用谋，无不成功，可以说是梁山泊的主要的幕府人物。他在山寨上是掌管机密的军师。宋江曾夸奖他是“赛诸葛”。

在各式各样的读书人中，有一种叫做策士，其下流者，鼓簧弄舌，调弄心计，渡江当密侦如蒋干，过河做卒子如胡适，自己还以为是王者师，王者友，其实也不过是帮闲帮凶害民害国的巴儿狗儿。另外，其卓然不群者，也能不甘于受压迫，也能以老百姓的心意为心意，在统治者苛暴之下，他有胆子敢于义愤填膺，造反作乱。不过，他绝不独立的占山霸寨，坐第一把交椅，做山大王，而只摇着羽毛扇儿，设计划策，当军师爷，第二个位子是有他的份的。这如楚汉争锋时的张良、范增，瓦岗寨上的徐茂功、朱洪武打天下时的刘伯温，都是同一类型。加亮先生智多星吴用，当然也是这中间的一个。自然，这种人当草头王一旦作了皇帝，他也会安然地做当朝一品的宰相爷，又变成了护持王权虐民害民的好手。不过，宋江哥哥既不曾称王称帝，也没曾作了什么王朝的太祖高皇帝，而学究先生也只能运策画筹掌管梁山泊机密。对吴用我们也只能就事论事，实在不好妄揣他的前途的。

但凡策士们，要有几个必具条件，能语善言，好逞舌辩，是纵横家。论天下大势，了若指掌，是政论家。指挥若定，决胜千里，是军事专家。此外，还得加上占阴卜阳，搬神弄鬼，呼风唤雨，撒豆成兵，那就不免是牛鼻子老道之本领，实在是当军师爷的最下乘了。读书人不当军师则已，要当军师爷，就必须具备了这些条件。而在这一行业中最出色的人物，自然要属着卧龙先生诸葛孔明了。看他舌战群儒，联吴伐魏，六出祁山，七擒孟获，《三国演义》把他描写得更为丰富，还加上借东风，祭星斗，陇上装神，占卜诸葛武侯神数，等等奇迹，实在达到了超凡入仙的地步。无怪乎被称为集政论家战略家于一身，而使人佩服地誉之为“三代而下，一人而已”了。吴学究人称之为智多星，自号为“加亮先生”，宋江哥哥夸奖他是“赛诸葛”，自然已在人心目中都以为诸葛孔明是他的最好模型，而自己还用了一个“加”字，大约要高出卧龙一头地，而张良、范增、徐茂功、刘伯温……都打在余子碌碌，盖不足数之列。这点，也许在拜倒诸葛亮的八卦仙农之下的人们，必以为狂妄可蚩，甚或戟而指之曰：何物“草寇”，比拟不伦。然而，在我仔细比较之下，深深觉到智多星实不落诸葛之后，而重要关

头，诸葛亮怕未必能赶得上“加亮先生”哩！

诸葛亮搬神弄鬼之事，原是《三国演义》附会之谈，固不足论。吴学究在梁山泊上，也只有划策用计，而呼风唤雨，装神驱鬼，这种种应有的玩意儿，都划入了入云龙公孙胜的工作范围之内，自是给军师爷留下了地步，抬高了身份的。诸葛一生唯谨慎，吴用亲入大名府，智赚玉麒麟，伪造假书，几害宋江，多少带点侥幸的成分，或可说略逊诸葛之处。但说三阮撞筹，激林冲火并，有苏秦张仪之舌辩，是战国策士之遗风，何尝亚于舌战群儒。赚金铃吊挂，计取大名府，双掌连环计，诱敌之策，而破曾头市……这种种与七擒六出异辙同归，战阵之上，不愧奇才。诸葛佐刘备，联吴伐魏，而吴用保梁山，水泊之内，聚没落王孙，朝廷将帅，官衙差役，江湖英雄，在内部用胶水糨糊的黏着本领，十倍困难于对外的联合，而提高了一个目标，反苛虐，拯人民，政略之光明磊落，也何尝低于诸葛。这些，据我看，都是伯仲之间见伊吕，诸葛亮与吴学究谁能说不是雁行昆弟，而互有短长呢？

最主要的，诸葛亮佐刘备，拥护“正统”，号召“中兴”，在末代皇帝和阿斗们的眼睛里自然是一番王佐之业的，然而，究根寻底，虽是偏安之局，还终是替统治者打天下的。而况，他所保的那位昭烈皇帝，出身草莽，投身军营，当东汉之末，内有权臣，外戚，宦官之当道，外有藩镇之跋扈飞扬，天下人民在横征暴敛，苛虐贪污之下，不能为生，不能自保，不得已而揭竿起义，于是黄巾义军，遍于天下，其威力之强，其势焰之大，自在梁山泊之上。可是刘备却并不曾自处于被迫害的百姓群中，相反的他是用老百姓的血肉滋长他自己的羽毛，用老百姓的骨骸架起了自己的半壁江山。打开天窗说亮话，别管这皇叔是真是假，而从平民变成了刽子手，确是不易之论。诸葛亮虽未亲自参加过平黄巾的“剿戡”之战，而他在黄巾盛时置身世外，隐于南阳，黄巾失败，出而协同分赃。这样，怕除了政客战略家之外，其立身行事，未必值得人可以首肯的吧！这比起吴学究来，他愤贪污之刮民，起而劫生辰纲，恨苛政之误国，聚众而上梁山，虽同是谋主地位，但论正义，论见识，论头脑，就凌驾于诸葛公千仞之上了，难道能说吴用不及诸葛吗？

不过，话还得说回来。诸葛亮因为出身世家，而为琅玡诸葛丰之后，所以离不开他那保君佐皇的一套。而吴用只是一个乡间秀才而已，也就无怪乎他就和受苦受难的百姓打成一片了。他自称“加亮”，实在说岂仅“加”而已矣，宋江哥哥夸赞他是“赛诸葛”。在道君皇帝的脚下，不求功名，甘冒不韪而佐梁山，他是卑视诸葛之辈而不屑为的。呜呼，千古策士，归于正途者，吴用而外，有几人焉！

金眼彪施恩

新赞

站码头，占码头。
抢码头，夺码头。
失了码头挨拳头，
如何跑上梁山头？

施恩，外号金眼彪，孟州人氏，是当地老管营的儿子小管营。因为东门外快活林地方山东河北富商都是来那里做买卖之处，他一者仗自己随身本事，二者捉着营里有八九十个弃命囚，在那里开着一座酒肉店，都分与众店家和赌钱兑坊里。但有过路妓女卖艺人，到那里来时，先要来参见他，然后去赶食，月终可有三二百两银子寻觅。后来本营张团练，从东路州带来了蒋门神蒋忠，夺了他的道路，并吃了拳打。自从武松刺配到了孟州，他便结交上了武松，借武松的本领，醉打了蒋门神，夺回了快活林。等武松被张都监唤去，并因了张团练的关系受了陷害，快活林又被张团练和蒋门神再夺了回去。等到武松大闹了飞云浦，血溅了鸳鸯楼，官司着落他家追捉凶身，乃连夜挈眷逃走江湖上。后父母俱亡，打听得武松在二龙山，连夜投奔入伙。三山聚义打青州之后，归了大寨，在梁山泊为步军将校。

快活林这个地方顾名思义便知道是一个热闹区域，大约虽不能比得上如今的纽约、巴黎、上海、天津，在当时自然也赶不上十丈软尘的扬州，管弦歌舞的汴梁，但在山东道上，孟州城的东门外，有冀鲁两处的行商坐贾，有百十处大客店，有三二十处赌坊兑坊，也够算得上一个大码头了，因此就不免有寄生在这中间的粉头妓女，跑江湖混饭吃的人物，也就不免有站在码头上称豪霸的闻人。当时会不会有拜老师，开香堂，称龙头，分地段，组织了成群成批的打手，在地面上做欺人压人的地头蛇，或者想从中取利，在梁山泊与赵官家中间，来一套什么“自救救国会”[①]的鬼把戏，那虽是不尽可考的事，但这

① 解放战争期间，在国民党操纵下一度出现的所谓“自救救国会”。

种货色，他拿了商业巨子的幌子，事实上是地痞头儿，流氓班首，他的职业，是更进一步寄生在那种剥削社会里边，对于痛苦无依的妓女卖艺之流，抽筋吸血地喂肥了自己，养活着他，而过着不劳而获的舒适生活，表面上冒充着英雄好汉，实在说是人类的蠹虫，社会的恶鬼。

金眼彪施恩武艺稀松平常，也并不曾行侠尚义，只因为他是老管营的羔子小管营，他手底下有营里边的八九十个弃命囚徒，便在这片土头上两手耍得团团转，两脚踢的地发抖，开了一个酒肉店铺。这也不过是假招牌，其目的还在于伸手要码头钱，开荷包取不经明路的豪霸私家“税收”。他自供的好：“……有过路妓女之人，到那里是来时，先要参见小人，然后他去趁食，那许多去处，每朝每日都有闲钱，月终也有三二百两银子寻觅，如此赚钱。”这就分分明明地指出来，酒肉店所赚的是归在另一本账上，那自然要本钱的，但这每月三二百两银子，却就是没有本钱的买卖；如果也有本钱的话，那大约就是他爸爸当着老管营了，在社会上有这一份势力，才使过路妓女之人，不敢不来参见，不敢不来送造孽钱。其实，再说深一点，他这种生活的供给，还不是从妓女皮肉上剥刮下来的吗？我们透过了施恩之在快活林的行业，就可知道这种站码头充大亨的家伙，取钱之道是多么卑鄙，是多么龌龊啊！

因为这种行业，是靠了背后的势力，有势力超过于他的人，也未必是少数。于是，闻人之上有闻人，流氓头子之上还有流氓头儿，这在人意中的就出了一个蒋门神蒋忠。蒋门神虽然能打了施恩，虽然能夺了他的酒肉店，虽然更能抢去了他的码头，使他在快活林中称不得霸，当不得闻人，失去每月三二百的干进奉。可是蒋门神同样并不是不得了的英雄，施恩武艺稀松平常，这门神可再加上酒色淘碌空了的身子，凭什么他能夺了快活林。还不是由于门神后边有门闩，蒋忠身后有张团练？团练不外是地主而兼土豪的人物，比小小的一个管营自然威势的多了。即使没有蒋忠，我想施恩父子也处劣势，快活林之争，胜败之间是可预卜的。而况，张团练背后又有张都监，也许都监背后还有什么阔人大佬，进一步的直通到道君皇帝的御座之前的，那么就可以揭穿了“朝廷”官员是与码头流氓上下打成一片，也可以说码头上的流氓势力，就是“朝廷”官员的基础，那么赵官家的统治，就不问可知了。

正因为快活林之争是大小流氓的火并，施恩在势的方面是失败了，便不能不在力的方面着想，这样，武松便凭了一个被押解来的囚犯，就被老少管营看在眼上了，这一面是因为他身强力壮，武艺精通。另一面，蒋忠只是门神还不是老虎，虎都可以用拳头打的人，这在力的条件上是准握胜券了。但如果说，武松这也算打了一次抱不平，倒不如说是受了施恩的优待供奉，作揖磕头，在流氓打相打中，做了一次傻瓜，比较正确些。不过，力到底是第二个条件，别看打了蒋门神，快活林的码头，是给施恩抢回来了，但论起势来，终不如蒋门神瓜葛渊源来得远长，于是又不能不引起了大闹飞云浦，血溅鸳鸯楼。以后的事实，结果施恩在快活林站不住脚了，这又哪里是施恩得到的胜利，不过是武松怨毒已深，箭在弦上，不能不发，而做傻瓜做到底而已。所以说施恩只是失势的闲人，并算不得什么好汉人物的。

话再说回来，施恩经过了快活林几次争夺，结果虽然失掉了码头站不住脚跟，但因为有了这位把兄弟，便再不是收造孽钱的流氓头儿，因而附骥尾，上二龙山，上梁山，作出了拯救百姓的大业，即使不是英雄，也总算英雄渣子了。如是，他才有份进这“英雄谱”哩，不然他还不是和蒋门神一流之物吗？

美髯公朱仝、插翅虎雷横

新　赞

美髯公，插翅虎，
当义不让，以义相勖，
梁山泊上二难欤！

朱仝，本是郓城县富户，身长八尺四五，面如重枣，目若明星，有一部虎须髯，长一尺五寸，所以绰号“美髯公”，重义气，轻钱财，结识江湖好汉，学得一身好武艺。充当了郓城县衙马兵都头。七星聚义劫生辰纲后，他与雷横去捉晁盖，智稳插翅虎，放走了晁天王。宋江杀了阎婆惜之后，郓城县又派了他和雷横一道前去捉人，雷横搜过庄前庄后，他又进去在佛堂之内，揭起地板，将索子一拽，铜铃一声，宋江便从窖子里钻将出来，说“只怕雷横执着不会周全人”，义释了宋江。后来又因释放雷横，刺配沧州，在知府衙中每日抱了小衙内玩耍。雷横上了梁山之后，晁盖宋江亦皆感念他的义气，便派吴用雷横说他上山，因为李逵摔死了小衙内，他只好归入山泊，是梁山泊马军大骠骑兼先锋使。

雷横，是朱仝的老搭档，身长七尺五寸，紫糖面皮，有一部扇圈胡须。因为能跳三二丈阔涧，所以绰号插翅虎，原是打铁匠人出身，后来开碓房，杀牛放猪。又充本县衙步兵头领，放晁盖，救宋江之后，因为打死了婊子白秀英，递解济州，朱仝释放他后，上了梁山，做步军头领。

梁山泊是拿义来号召的，那么梁山泊的头领行于义，以义作为立身之本，自是天公地道，毫无问题者。不过，义到临头，义到脚下，水到渠成，自合于义，此仍不足为至高无上之举。真正义士，勇于赴义，勇于行义，行义唯恐落于人后，行义唯恐不在于己，甚至于以行义作竞赛，以行义互相争先。这样，梁山泊之大义昭然天下，便不为无因了。

朱仝、雷横这对老搭档，同在郓城县县衙做都头，虽然一个管马军，一个管步军，总是嫡亲同事。两个人虽然出身不同，一个是郓城县富户，大约因为重义气，轻钱财，家道跌落，才沦于皂隶厮养之伦。而雷横原本是打铁匠人，而后开碓房，杀牛放猪，最后才吃上了衙门饭。在性格上说，一个精细，一个豪爽，也各有风范，然而彼此都有一个行义的心肠，都有一股子行义的热情。而在大宋赵官家统治之下，义举是不容易做的，义举是犯禁的，尤其是一般公务人员，谁敢明目张胆，以义砥砺，以义相勖？衙门是“不义”之门，哪里能任你自由行义，这样，行义便变成了秘密工作了，朱仝、雷横因此便不能不你背了我，我瞒了你，在一条路上捉迷藏。这不但可以看出有梁山泊之义，就有官家衙门的不义的对比，同时，有了不少的义士出在皂隶之间，特别是如朱仝、雷横者，更是黑暗的最黑暗中也透露了强烈的点光的。

当朱仝、雷横二人共同奉命前往捉捕晁盖之时，朱仝有心放晁盖，故意赚雷横去打前门，雷横也有心要救晁盖，以此争先来打后门。朱仝追上了晁盖，说明了自己心意，还替他指了一条明路，只除梁山泊可以安身，再假做了失脚扑地，倒在地下，让晁天王从容去也。处处看出了朱仝的聪明精细，着着在

先，而得到了行义的锦标了。可是，雷横虽然不如朱仝想到做到，但其志不可没，其心亦足照耀千古的。释放宋公明之时，两人为行义而斗着心计，是另一情形。这回，朱仝是先让雷横先进去搜查了一遍，搜查不着，雷横是放了心了，可是朱仝偏偏再搜再查，此时，大约雷横是会替宋江哥哥捏了一把大汗的。谁知道朱仝懂得宋江房里的诀窍，揭地板，拽铜铃，宋公明用不到拖，用不到拉，自然而然地走了出来。他说明了自己的意思，并答应替他照顾官司，还撒下了一个稳将之计，告诉雷横，“且拿宋太公去，如何？”这回雷横也乖觉起来，他也替宋太公开脱，只抄了执凭回去，然而他是已经终输朱仝一着了。最后，便临着朱仝放雷横，这时，不是两个人的竞赛了，而便表现出了美髯公义之所在，敢作敢为的精神。他说：“我放了你，我须不该是死罪，况兼我又无父母挂念，家私尽可赔偿，你顾前程万里，快去！”读《水浒》至此，有不感激泣下者，是铁石人也。所以我说朱仝是《水浒》中的第一流人物，而雷横与他的几番竞赛，也正表明了人之好义，谁不如我，彼此相映成趣矣！

有了朱仝、雷横之好义，我们再翻过来看郓城县那位县太爷。为了自己的婊子粉头，假公济私，包庇着白秀英在县里开勾栏，自然白家父女就会依官势而欺人骂人了，雷横打了白玉乔，他准了枕头状子，把雷横枷在勾栏门口示众，“大丈夫可杀不可辱”，这样，雷横之枷打白秀英，盖已不可免了！世界上有朱仝之义救晁盖、宋江以及雷横，便就有郓城知县之替婊子报仇，必欲致雷横于死的对比，也正说明了受官府欺压者自然站在一气，而代表大宋统治的县太爷和婊子粉头却也是一丘之貉。我们透过了朱仝、雷横的事实，眼前看到的是展开了梁山义士与知县婊子的斗争场面，也就更懂得梁山泊存在的因素了。

朱仝放了雷横，自己代替着吃了官司，递解到了济州，更惹出了误失小衙内，也许有人以为梁山泊如李逵之流未免太凶太狠，稚子何辜，为了请朱仝上山，竟置之于死。可是，我们还要明白，在赵官家的统治底下，朱仝终有一日是会上梁山的，小衙内失后，他对李逵终不免耿介于怀，也不当从李逵身上去看梁山泊，而正要从朱仝身上看梁山泊的。同时，朱仝几次义举，已经完成，不上梁山泊，留在官家衙门，又有什么意义可言呢？

母夜叉孙二娘

新　赞

不用生菜，不须猪羊，
人肉馒头开作坊。
谈笑杀人的母夜叉，
也就是梁山泊上救人危难的孙二娘！

孙二娘，绰号母夜叉，孟州人。她的父亲，年纪小时，专一剪径。老来收了菜园子张青做徒弟，并教了他许多本事，又把这女儿许配了他。她的武艺也很好，便和丈夫在十字坡盖些草屋，卖酒为生，实是只等客商过往，有那入眼的，便把蒙汗药与他吃了便死，将大块好肉，切做黄牛肉卖，零碎小肉，做馅子包馒头。张青曾向她说："三种人不可碰：一是和尚，二是妓女，三是各处犯罪流配的人。"当花和尚鲁智深从那里过，险些儿遭了她的害，幸亏张青见那禅杖不俗，解救了他，结为兄弟。后来武松递解孟州时，也从她店里过，他将毒药酒泼在僻暗处，却假装中毒，双眼紧闭，扑地仰倒在凳边，她笑道："着了，由你奸似鬼，吃了老娘的洗脚水。"没想到却被武松当胸搂住，两只脚往她下半截一挟，压在她身上，她杀猪也似的叫道："好汉饶我！"幸遇张青挑柴回来，才哀求武松释手，并与武松结为兄弟。后来先随张青在二龙山落草，三山聚义打青州时，夫妻二人都与武松一同上了梁山。她在山泊是西山酒店打听消息，邀接来宾的头领。

“大树十字坡，客人谁敢那里过；肥的切做馒头馅，瘦的却把去填河。”读《水浒传》到“母夜叉孟州道卖人肉”一回，不用亲去巡视她那人肉作坊，不用去参观她那剥人凳，不用看壁上绷着的几张人皮，梁上吊着的五七条人腿，更不必把人肉腥食，馒头吃到嘴里，也不须吞下她那蒙汗药迷昏倒在地下，可已毛发耸然，脊椎骨打哆嗦，不寒而栗了！这孟州道，这十字坡，是多么使人望之生畏，谈之变色的地方；然而再看到孙二娘的装束打扮，举止风范，露出绿纱衫儿来，头上黄烘烘插着一头钗镮，鬓边插着些野花，下面束着一条生绢裙，搽了一脸胭脂铅粉，敞开胸脯，露出了桃红纱主腰，上面一色金纽，再加上笑容可掬，满口打趣的话儿，又何尝是一个母夜叉相呢？然而，别看这样的人物，她就能摆布的人昏了过去，会把人当耕牛当猪仔屠杀，这哪里会使人相信的事。然而世界上竟有孟州道，竟有十字坡，自然也就不能不有拿残忍的刀做行业，借杀人开酒店开馒头铺的孙二娘了。这是不是足以说明上得梁山的人物都是好杀之徒，这是不是说明了一百零八条好汉，连这样一个风趣动人的好人，也都是杀人不眨眼的家伙，拿人肉包馒头的恶魔鬼怪呢？我想，事实如果再深的追求下去，也就未必那么简单了。

俗语说得好，在杀人的世界，逼得菩萨开杀戒，吃人的

社会，逼得吃长斋的老和尚吃人肉；如果在合理的世界，合理的社会，孙二娘是多么伶俐能干的角色，她务农可以做个好农家婆，她开店铺能够做一个好老板娘，世上绝无天生的借杀人逞能，拿包人肉馒头做生意的人，谁简单地只从表面上去看十字坡，可就容易受着蒙蔽了。当大宋道君皇帝之世，上有荒淫无耻的君主，下有苛虐害民的权相，再下层更有举不胜举的大大小小的贪官污吏，借着政治力量杀人如麻的货色。我们且不必说捉在监牢的，流配在远方州县的，即广大的农村，多少的城镇中，地租、苛税、征役、征夫，有哪一样不是杀人不见血水的事实。杀的多了，逼得紧了，老百姓颠沛流离，求生不得，弱者弃尸沟壑，而强者又有什么办法不拿起钢刀来以求自己的生存呢？孙二娘之选择开杀人店铺卖人肉馒头这种行业，我想她又何尝得已呢？孙二娘的人肉馒头未必赶得上牛肉猪肉馅儿包的发香，包馒头的目的，也未必就是单为了包馒头呢。其实，怕还是夺了钱财，杀了性命，没有法子不用包馒头来掩盖痕迹的。可是皇族官府豪门势家，有了他们自己定出来的法儿律儿，有他们的政权做着掮符，杀千万人也用不到灭迹的，反过来孙二娘杀一个两个，就不能不包人肉馒头了。所以，我说卖人肉馒头，亦非得已，这话就不是无根之谈了。而况猪肉牛肉馒头虽然可口，可是在“朱门酒肉臭，路有冻死骨”的时代，猪牛早被垄断一空，那么要生活要肚皮饱，剩下来的还不是只有杀人吗？自然杀什么人，怎样的杀，还有不少问题，但从这里着想，十字坡就并不可怕，而孙二娘又何尝是母夜叉呢？

张青立下的规矩三不可杀，和尚是不开杀戒的人，自然也不是杀人的人，妓女是被蹂躏着几乎在受着千刀万剐，更是被迫害者，罪犯在道君皇帝脚下大约都是反抗分子，这三种人的确杀不得，可是我觉着这还是从消极方面立法，如果从积极方面看，杀官府豪门势家恶霸，怨恨之在人心，即使包成馒头，也是应该，也是不会有错的。不过，这种行业便不是小小的酒肉店铺所能办得了的，所以后来她上了梁山，其实也就是这一意义的更正确发挥罢了。而且有杀人一面，也就有救广大人民的一面，孙二娘上了梁山，当了头领，虽然还是开酒肉店，自然再也用不到包人肉馒头了。

金毛犬段景住、险道神郁保四

新　赞

一个盗马，一个夺马。

一个来归，一个降顺。

山寨之起码角色，亦不可少之人物欤！

段景住，涿州人，生得赤发黄须，因此人都称他为“金毛犬”，生平只靠去北边盗马。在枪竿岭北，盗得了一匹好马，雪练也似价白，浑身并无一根杂毛，头至尾，长一丈，蹄至脊，高八尺，一日能行千里，北方有名唤做“照夜玉狮子马”，乃是金国王子坐骑，欲献与宋江，做进身之礼。经过凌岌州西南曾头市，被曾头市曾家五虎夺去，乃报山泊，引出了晁天王曾头市中箭一节。后来他又与杨林、石勇去北地买马，选得壮窜有筋力的毛片骏马二百余匹，回至青州地面，又被郁保四劫夺，解送了曾头市，等到“宋公明夜打曾头市”，在讲和时，先索回了后来夺去的二百匹，卢俊义活捉了史文恭后，又夺回了“照夜玉狮子马”。他在梁山，是军中报机密的步军头领。

郁保四，青州人，身高一丈，腰阔数围，所以外号“险道神”，他抢梁山泊骏马二百余匹，送给曾头市。梁山泊打曾头市时，他奉命为质讲和，暗降了梁山，假做私逃还寨，勾引史文恭前来劫营，因此破了曾头市。他在梁山专一把捧帅字旗头领。

大将离不了雕鞍坐骑，飞书传檄离不了快马疾骓。马，在从前的战争中是占了很重要的地位，因此，占山建寨的梁山泊，为了打击豪霸贪暴而攻城夺市，需要马匹。而地主豪霸的曾头市，为了帮凶“剿戡”，也需要马匹。两面不同方向，都不能不有马，从这里，便引出了使人不大重视，却也少不了的两家英雄——段景住和郁保四了。

《水浒传》写过一个神偷鼓上蚤时迁，时迁的偷，偷的死的东西，只要赚过人的防备，不使人察觉就可以如探囊取物之易。而段景住盗马，首先要注意看马的人。同时，马是活蹦乱跳的畜生，即使躲过人的眼目，也不容易手到擒来。而况盗马，必须要识马，必须要懂得马性。他知道“照夜狮子马”是名驹，所以虽在金国王子的马厩里，他也能看得出是有日行千里的脚程。这样，他不仅偷的本领超过了时迁，而他的识马，也不亚于古之伯乐吧？

至于时迁偷鸡，还不免为了解自己的馋，填朋友们的肚肠。而他盗马，在《水浒传》中大书特书地写着：“欲献与宋公明，做进见之礼。”别看这轻轻的两句话，就包含了他对梁山泊有无限的仰慕之忱的；“宝剑赠与烈士，名马赠与英雄”，他清楚地懂得即使是马，上了梁山，也比在金营的厩槽里，有价值些。我曾替他想过，他也很可以空口白说的先报与梁山，要求梁山派他一个小小的头儿领儿，有所获，有所得，然后再去盗取。别看段景住绰号金毛犬，而他没有这些刁钻古怪的狗心肠，因为他的心是真实而诚恳的。所以把他进梁山入伙，看着那么郑重，看着那么严肃，有了进见之礼，即使是牵马随镫，可也心甘情愿。而自己明白，所谓进见之礼，便就是未曾上山，先已立功。只要立功出于本意，我想以宋江之明，以吴用之智，也绝不会因其出身不正，而拒人于千里之外吧？

但天下的事，都常有出人意料之外的，好马名驹，识货者怕就不止一个伯乐。段景住要盗来献与梁山，而曾头市上老的小的这群虎而冠的家伙，也就想着夺来留作“剿戡”之用。曾头市与祝家庄是伯仲之间耳，“扫荡山泊清水寨，剿除晁盖上东京，生擒及时雨，活捉智多星……”从这些谰言上，从这些标语上，都可看到满脸杀气腾腾，满嘴巴的血腥气味，如果没有夺马一事，与梁山泊碰头较量，也只是时间上的早晚罢了，而段景住一事，也不过凑上了一个机会而已。虽然因为夺马而引出攻打曾头市，虽然因为夺马，而使晁盖中箭，蒙受了莫大的损失，但过失不在段景住，他这股子诚心实意是无论如何不可没的。

相形之下，郁保四自然不如段景住，段景住盗马是献给梁山，买马是为了梁山。而郁保四把那二百余匹好马，抢夺了去，却是送给曾头市。这样，一个是倾向于反抗者，一个是倾向于土豪恶霸，优劣之间，不判而明。我们虽然不好说他就是助纣为虐之徒，可也到底是眼睛向着势家，若单就是一点，他是一个无足取的人物了。可是当宋公明夜打曾头市时，他被作为人质，来到了梁山大营讲和，便暗地里投降了。宋江叫他出来，用好言抚恤之后，明白的要他去建功。我想在这里应该补上一笔，就是他看到了梁山泊的坦白真诚，才肯遽然归降的。当时连吴用还有几分怀疑，而他确能说句话当句话，彼此以真诚相见，到底也不失为江湖豪士的。

段景住和郁保四二人，归入山泊之后，在“石碣碑文”上三十六天罡七十二地煞的名次中，段景住列最后一位。宋江发号施令，调度执司，郁保四是最后的被分派做专一把捧帅字大旗，由此可知这两个人都是属于梁山的殿军人物。然而梁山泊职司不论大小轻重都是头领，打听机密是少不了的角色，帅字旗更是非有人执掌不可，那么他两个又岂可少哉！

入云龙公孙胜

新　赞

狐鸣篝火，借道行医。
以原始的聚众方式，
作积极的反抗号召。
前有陈胜、张角，
而后乃有一清先生！

公孙胜，蓟州人，道号一清先生。身长八尺，道貌岸然。自幼好习枪棒，学成武艺多般，人但呼为公孙胜大郎。跟随罗真人学得道术，能呼风唤雨，驾雾腾云，江湖上都称他做“入云龙”。他投见晁盖，应了七星聚义，义劫了生辰纲，拒敌了官兵，乃与晁盖、吴用、刘唐、阮氏三雄一同上了梁山。后来因为宋江迎父引起他的孝思，返里省母，不曾归山。柴进失陷高唐州时，戴宗、李逵前往蓟州搬他，他最初避而不见，演了李逵独劈罗真人的戏法，才得到罗真人允许，授他“五雷天心正法”。到了高唐，破了高廉，梁山泊“三十六天罡”符定数，“七十二地煞”合天机时，建罗天大醮，他率领了四十八员道众，作高功，主行斋事。他在山泊之上，是掌管机密军师。

“入云龙”公孙胜，不必真能有如此诡奇幻化的本领，却必须有这种样的人物，这种样的呼风唤雨的神话流传在当时。因为道君皇帝的时代，中国还是迷信神权的社会，一般的老百姓，压迫在顶，苛虐当前，敢怒于心，敢形于色。可是一颗一颗的散米粒，怎么聚拢起来，怎么鼓动起他们的造反的决心，怎么使他们相信统治已临末日？神道设教，出之虽非由正，但他确有一番的力量的。所以大泽乡陈胜起义，便造了一些狐鸣篝火的谣言，使死在临头的戍卒都变成揭竿而起的勇士。黄巾军兴，先有了五斗米教，画符治病，才流行起白帝运衰黄巾当立的传说。一直到近几十年前，白莲教的民族运动，也离不了降神作法。洪秀全创太平天国，必借助于天理教。这种种都是从落后的民众心理出发，而扇起了人民革命的大业的。就拿一部《水浒传》说，楔子中之“祈禳瘟疫”，之“误走妖魔”，已开了离奇神怪的端倪。而在本文之中，有“宋公明得三卷天书”，有“吴学究之智赚卢俊义”，这已经是属于江湖奇离卜筹情事。特别是“忠义堂石碣受天文”一事，谁也知道出自伪造，谁也知道并非天命而实由于人为。可是有了这石碣，不但安定了梁山泊的秩序，而且正应了天命攸归，所以才能作出替天行道的事实。自然这些捣鬼的玩意儿，是靠了我们这位一清先生，而他又哪里是梁山泊可以少的呢？

因为这个缘故，所以劫生辰纲之时，虽然大家都是人同此心，心同此理，必须动手。但有了刘唐的报信，有了吴用说三阮撞筹，可是我们还不能忽略了晁盖做的那一个梦境，北斗七星，直坠屋上，星照本家，安得不利，这已经是很好的先兆。而应七星聚义而来的，并不是一个普通人，而是写得那么一个仙风道骨的人物，横竖晁盖做梦，自己清楚，别人不曾和他同梦过，是无法证明的事，真假之间，自然也只需仔细推敲。而公孙胜之来是预先约定的，还是六人已齐，适逢其会，更不必管这许多小节目。但公孙胜一到，应了星象，就坚定了大家的信心，在心理上，便壮起了大家的胆子了。劫生辰纲别看只是劫了几担贪官污吏的贼赃，但这是梁山泊开业之基，是打击了赵官家的贪污统治的重重的第一拳。而且以后，还得靠了他继续坚定梁山的人心，我们对于这位半仙半人又会捣鬼、又会降神的牛鼻老道，哪里可以忽视。而且必须要他也和吴用一样，充当了军师，参加了机密，这又何尝是无因呢？

梁山泊诸人所标揭出来的大旨，首先是“义”，其次则是“孝”，所以于宋江、李逵这两个重要人物，再三地以孝的品性附着在他们的身上，自然由于中国从古以来重孝主义的传统而来；可是公孙胜当看见宋江父子团聚，油然地想起了蓟州的老母，便也下山探亲，谁知一去不返，而且当戴宗、李逵前往搬取之时，还避而不见，这大约就不单是关于“孝”的问题，事实上，怕还因为造起反来心理上到底是发怯的。公孙胜在梁山泊应该是借道术坚定人心的角色，然而，这一刹那他的道术却也坚定不住自己，我们对他就不能毫无遗憾吧？

后来，得了罗真人之命，还传授了他“五雷天心正法”，破高廉，收樊瑞，这些比法比术的场面，虽然不必有其事，而

不可不有此文，不然，不但使这老道黯然失色，而且对于七星聚义之应天象，未免也太迷不住人了。不过我还以为公孙胜的事迹，只是过场而已。最重要怕在于建罗天大醮由他主持，罗天大醮虽然不是动兵动刀的事，可是借天命以定人心，而且引出了“石碣受天文”的结局，使梁山泊众豪杰定了次数，安了地位，完成了宋公明团结山泊的志愿，这又岂止应天象而已，乃是奠立山泊秩序的要着哩。不管事之真伪，又不能不归功于一清先生了。

公孙胜是一个谶纬家而兼法术家，这一套玩意儿，统治者常常借以愚民，而反抗者也常常借以鼓民，盖落后的社会，不管用之于谁，总是有他的力量的。然而，当社会从愚昧达到了开明，人民从闭塞达到了自觉，天命无所用其法力之时，也就是谶纬法术失其效用之日。到那时候，梁山泊参与军机人物，有一吴用即可，又何须于一清先生呢？所以他就只能位在加亮之下而坐第四位了！

扑天雕李应

新赞

介乎梁山泊与祝家庄中间，
脱下了豪霸的皮囊，
是江湖之士欤？是开明绅士欤？
扑天雕的脚步，踏出了一条光明的道路！

李应，绰号扑天雕，郓州李家庄人氏，能使一条坚铁点钢枪，背藏飞刀五口，百步取人，神出鬼没。李家庄与祝家庄、扈家庄，都是邻村，结下生死，誓愿同心共意。时迁因偷鸡被捉到祝家庄之后，他的管家鬼脸儿杜兴领了杨雄、石秀向他求救。他两修生死书，遭了祝彪的拒绝，并且扯碎书信。李应乃亲自出马，前往祝家庄，祝彪战他不过，暗箭射了他的臂膀。后来宋江攻打祝家庄，李家庄便不出头帮助，采取中立态度。宋江二打祝家庄时，备了名马羊酒，前往李家庄拜会，他借了带病不肯相见。宋江三打祝家庄，破庄之后，便派萧让化装成知府，戴宗、杨林扮了巡检，裴宣扮了孔目，金大坚扮了虞候，李俊、张顺、马麟、白胜扮了都头，查问祝家庄之事，把他和杜兴领传了去，并搬取了家眷，抄去了家私，放火烧了村庄，他也只好在山寨里落草了。他在梁山泊是掌管钱粮的头领。

李应是一庄之主，有资产，有势力，自然也有土地。按理说应该属于豪霸之群，是在人意中事。当祝家庄祝氏五虎这群小土豪们号召扈家庄李家庄，结下生死，誓愿同心同意，但有吉凶，递相救应，唯恐梁山好汉，过来借粮，三村约成攻守同盟。从这点看，他是属于豪霸集团，自无疑问的。然而，他的结果，终于上了梁山，当了头领。我们如果循着蛛丝马迹的线索，从他的为人去看他，其实，那也何尝是偶然的事呢？

我们从石秀的口里，得知道："江湖上只听得说独龙冈有个扑天雕李应是好汉，却原来在这里。"这话绝不简单，也正说明李应平日，不但武艺过人，还能轻财好义，和江湖朋友有来往的，所以才在杨雄、石秀等人脑子里留下了印象。而况，他家里还有一个主管鬼脸儿杜兴，是江湖上人物，他能用杜兴，足见他是带了几分江湖气味的。时迁被祝家庄捉去之后，杨雄、石秀由杜兴引去见他，他并没有豪霸架子，拒人于千里之外。叙酒相待之后，慷慨地命人修书，派副主管前往祝家庄去取时迁。去取不放，再派杜兴拿了亲笔书札，两番请求。这种热肠侠骨，是正如横行恶霸的祝家庄，适成一对比。也就是说他虽是一个庄主，虽然也参加了祝家庄所号召的防梁山同盟，但到底还不是穷极凶狠，动不动要捉人往州府献的家伙，可能这算是一个开明的绅士哩。而这样便成了

他们基本上的差别，伏下与祝家庄分裂的因素的。

等到取时迁不到，被祝彪扯了书信，自己是压不下气愤，不能不亲自出马了。别看祝彪那一箭射中在他的身上，事实上就是三角同盟从祝家庄方面亲手拆去了一角，也足见祝家庄之飞扬跋扈、目无余子的气焰了。在这样情形底下，便使得李应无法再安处于反梁山集团。可是当时他也还没有和梁山泊打成一片的思想，那么，在两者之间，便出现了像他这样的一个中间势力。但，事实是有发展的，情势是有变化的，中间势力终于没有办法稳定地存在于短兵相接的夹缝里边，安然自处。所以摆在李应前边不是与祝家言归于好，就是脱下了庄主豪势的皮囊而归入梁山。前者既不可能，那他最后的结果，当然并非意外了。

可是，我们也不能忽视了李应到底是有资产、有土地、有势力的庄主。虽然与祝家庄有了一箭之仇，可是，要他马上就落草，就反抗豪势恶霸，在他的出身上，也是不可能的事，这其中必须经过一番过程的。所以宋江打祝家庄时，备了名马羊酒，前往拜会，他托病不见，还说："他是梁山造反之人，我如何与他厮见，无私有意。"足见他还是尽量避免，怕沾染上梁山的气味哩！在宋江又何尝不明白打祝家庄，只要分开了他这一支帮凶的力量，不前往救应，就减轻了自己的兵力的应付，也未必就是需要他立刻和祝家庄作对。但礼尚往来一步步地争取，李应本身上已与祝家庄异途，慢慢就可能使他归入山泊的。

然而，这点是为鲁莽的铁牛李逵所不能理解的，李逵插口道："好意送礼与他，那厮不肯出来迎接哥哥，我自引三百人去打开鸟庄，脑揪这厮出来拜见哥哥。"这话痛快倒十分痛快，不过，梁山泊的事业绝不是仅仅为了痛快而已。宋江所谓：“他是富贵良民，惧怕官府，如何造次肯与我们相见。”这话真是深深地懂得李应这种人的心理的，所以才能够争取他。所以打破祝家庄，用不到再去登门请客，而扮作官府，自然就把他赚上山来，因已争取于前，他也无可奈何地自自然然坐了交椅了。

按说起来，李应这种人，是可以拿扑灭梁山做标榜，借此害民逞霸，或者进一步用人民的血染红了自己的顶子，成为清代曾左李之流的人物的。但因为到底他是江湖之士，他是略具开明绅士的气度，有了宋江的争取，于是乎终归是从豪绅变成了山泊聚义的英雄。那么，我们就可以从他身上，看到了介于梁山泊与祝家庄的这种中间力量，应该发展的道路了！

铁叫子乐和

新　赞

聪明伶俐，
长诸般乐器，而屈身于皂隶。
料梁山泊制礼定乐之日，
铁叫子当用其所能矣！

乐和，籍贯茅州人，挈家住在登州府，他姐姐乐大娘子是病尉迟孙立的妻子。他的面相长得和她一般模样。孙立曾教他学了枪法在身。因为他是一个聪明伶俐的人，又对诸般乐器，学着就会，唱的也好，所以人家都叫他铁叫子。他做事道头知尾，说起枪棒武艺如糖似蜜价爱。他本在登州做一名小牢子，解珍、解宝因为打虎遭了毛太公的陷害，系在牢内，他有心要救他俩，只是单丝不成线，孤掌难鸣，只得报信给母大虫顾大嫂。顾大嫂的丈夫孙新，也就是孙立的弟弟，联合了邹渊、邹润，劫了牢狱，救了解珍、解宝，一同上了梁山。他在山寨之中，是军中走报机密的步军头领。

在大宋道君皇帝统治底下，人民虽有才能，亦无所用其地，无所用其时，降而为皂隶走卒，舍其所长，而被屈于衙署公门，做了贪官污吏们使唤的奴才。在这中间，甘于做狗腿子，替统治政权当爪牙，这类的人有陆谦，董超，薛霸……之流。他们是上承官府旨意，下压良善人民，甚至于明中敲诈骗人，暗中还要打你的闷棒，给你不提防地送你命丧黄泉。那些

人已无回头是岸的余地，而必然会随着他的主子，在梁山泊义旗所到之处，死无葬身之地。可是，我们也不能忽略了皂隶走卒之中，潜藏了不少的蛟龙猛虎存在于这一污潭腐草里边，而及时出现的，宋江哥哥义高千古，自是人中特选。自彼而下还看到朱仝、雷横、杨雄，都有超群的武艺，此外，更有腿肚上绑甲马、以善走称的戴宗，在江州也只能充当一个押牢节级。这跑腿跑脚实在无利于千万百姓的，而一上梁山，他的作用便不同了。铁叫子乐和也是这样的一个，所以，人虽不占重要，事迹亦极微小，可是埋没了他的所长所能，亦同为千古一慨。

乐和除了向姐夫孙立学来了一套武艺之外，他另一专长则是音乐方面，诸般乐器，学着就会，唱的也好。《水浒传》作者给他了这个姓氏，给他了这个名字，亦盖有深义存焉，就是从他所长所能中赋予标志。可是我们在《水浒》上除了这几句笼统的叙述之外，却也没有看到他真正以音乐才能作出什么表现，这是不是作者的忽略呢？我想不是的，他只是一名小牢子，小牢子的职务，在于欺负囚徒，在于压迫犯人，监狱不是歌台，死囚牢中不是寻乐的场合，陷入这一虎口里的良民百姓，哪一个不是反侧呻吟，求生不能，求死不可，辗转于人间的阿鼻地狱呢？谁能有那么悠闲而置生死于度外的心情，敬聆这位小牢子音乐家的阳春白雪，钧天雅乐呢？固然有人说音乐可以令人减轻烦闷愁苦，可是，在这种环境之下，即使说能够有望乡台打莲花落的豪兴，也不过一种迷魂的魔法而已。所以乐和虽然能吹能打，能弹能唱，也不能不收拾起他这绝技，而与囚徒同悲哀，同烦恼，而音乐便无所用其所长了。不然，乐和又哪里能够救得了打虎的猎户两头蛇解珍，双尾蝎解宝呢，又哪里算得上足以加入梁山，称得起英雄好汉的人物呢？

从这里看，音乐之为音乐，终究是承平安乐之事。在梁山泊还有一个以音乐见称的，就是浪子燕青。燕青的玩意儿更多，他是吹弹歌舞，拆白道字，诸路乡谈，百艺市语，无所不能，无所不精。乐和在多才多艺上自不如燕青，他是有他的独到之处。所不同者，燕青虽然有这样多的特长，而在卢员外府上到底是以优伶蓄之的，他的吹弹是为了供财主爷的娱乐，他的唱歌是为了主人公的欢喜，以声事人与以色事人，其实也是一样的。从这点上看，乐和当了小牢子，在囚犯不需要音乐的时候，干脆停止了自己的歌喉，放下了自己的管弦丝竹，我以为在品格上是高燕青一等的。虽然后来燕青上梁山之后，也剥去奴才皮，不再是以声技供个人之消遣了，但在没上梁山前，终不及乐和吧！

有人说乐和上了梁山之后，也不过与时迁之流一样的充当一个走报机密的头领，也还没曾以音乐为山泊服务，还不和当小牢子一样。然而我们还应该明白，梁山泊当创业之际，最重要的是攻城夺池，是冲锋陷阵。次者打听敌人的消息，探取敌人的秘密，也还是为了帮助作战而布置的。此刻固然作战第一，但梁山泊并非没有扫平贪污苛暴之武功，在剿平赵官家的主子奴才之时，我想他们也需要制礼乐，以敦教化。到那时，乐和的绝技自然而然用得其长。创业之时，也还是暂局的。写到这里，忽然记起了陈忱著的《后水浒传》，李俊暹罗建国，于乐大舅锡以参知政事，兼管太常寺正卿事。这样，我想铁叫子便耐住心情，总有他大展乐教之一日的啊！

拼命三郎石秀

新　赞

以精细处世，
号拼命三郎。
侠士群中，
是另具格调者！

石秀，绰号拼命三郎，金陵建康府人，平生执性，路见不平，便要舍命相救。会使枪棒。他父亲原是操刀屠户，后随叔父往外乡贩卖羊马，叔半途亡故，消折了本钱，流落在蓟州卖柴度日。在长街上，遇见了杨雄，杨雄正被踢杀羊张保围困，抢去了花红，他打翻了张保，认识了戴宗、杨林，与杨雄结拜做了弟兄。杨雄的丈人潘老公便与他商量开宰作坊，由他掌管账目。因为发现杨雄的婆娘潘巧云，与和尚海阇黎裴如海勾搭，告诉了杨雄，杨雄醉骂潘巧云，巧云暗中向杨雄下了枕边言，潘公收拾了作坊，他便辞别了，想要离去，住在客店，晚上杀了裴如海，大闹翠屏山，助着杨雄杀了潘巧云和丫环迎儿，二人乃与时迁一同奔上梁山。路过祝家庄，因时迁偷鸡，烧了店房，引出三打祝家庄。他上山之后，一打祝家庄时他曾假扮樵夫探过庄。卢俊义陷在大名府时，劫法场，他曾跳过楼。他在山寨是步军头领。

石秀在梁山人物中，其路见不平，拔刀相助，置个人生死得失于度外，而完成游侠之士的义气，自无愧于“拚命三郎”的绰号。我们看长街遇杨雄一事，杨雄亦不失为武艺精通的好汉，然而被困于群小，踢杀羊张保，率领了不少破落户，抢了花红，围住了杨雄。他和杨雄原无一面之识，只因看不过许多人欺负着一个，便把张保劈头一提，一跤跌翻在地，解了杨雄的围，使他能以脱身，使出了本事，展开了拳头。我们再看劫法场救卢俊义之时，他一个人来到了北京城，正碰着将要处斩卢俊义，这时使他兜头一勺冰水，只有跑进酒店，一个人吃闷酒。眼看着已经押赴市曹了，我想他会盘等到真是千钧一发，所以才不顾个人危难，跳楼而下，大喊一声“梁山泊好汉全伙在此”，极力表现出了他那拼命的精神。我们可以说，只有石秀才能做得到，只有如此，才能把卢俊义的生命拖了下去，以待梁山的救援。读《水浒传》至此，未尝不觉到正如飞将军凭空而降的气势。这些，都足以见出他的为人，都足以见出他那侠肠义胆，一个人便当了千军万马之用。虽然自己遭了钩镰枪不免被捕捉。而押到梁中书的面前，他骂道：“你这与奴才做奴才的奴才！”一句话翻出了梁中书骨子里边的真实。赵官家的官儿，又哪一个不是奴才的奴才呢？然而这话出自石秀之口，就分外有力，当头棒喝，就不能不使厅上众人都唬呆。可是这些，还是拼命的一面，存在于他性格中，还有另一面，便就是精细了。

当第一次石秀出外买猪，回到店铺，看到肉铺砧头都已收过，刀杖家伙也已藏过，他体会到因为自己做了几件衣服，也许嫂嫂以为自己有违心之事，便辞职回家。经过潘老公说明之后，才放心住下。这并不是自己神经过敏，而是会看眼色。当

他闯破潘巧云和裴如海，一分，二分，一直到十分，逐渐地识破了此中奥妙，等杨雄回来，他有分量地告诉了他。后来潘巧云进了枕边言，杨雄向潘老公一开口：“宰了的牲口腌了罢，从今日便休要做买卖。”他就闻弦歌而知雅意，赶快卷行李走路。以后更那么精细智杀了裴如海，遇到了杨雄，引到了僻处，拿出了和尚衣服等物。杨雄沉不住气的时候，他反而说他：“如何不知法度？”替他定下把妇人赚到翠屏山去的妙计，处处见出了杨雄的昏懵，也更见出他的精明仔细，这是石秀性格上的另一面。

按说起来，能拼命的人，常常不容易精细，而精细的人，则未必有能拼命的精神。石秀之能够如此，实在说还是因为他在外乡流落已久。能拼命是江湖气，精细也是江湖的秘诀。这样，石秀之为石秀便不是矛盾，更不是奇怪的事了。

不过，要说石秀之撺掇杨雄杀潘巧云，全是为了拜把兄弟的义气，自然也可以说的。而况在封建的夫妻关系底下，老婆偷人，丈夫捉奸，这是常有的事，本无所谓天公地道，然而世界上，绝没有把弟劝把兄杀妻之理。而况和尚已死，捉奸难以捉双，难道石秀不明白呢，又何必撺弄杨雄必欲杀巧云而后已呢？他这样的作为，据我想如果说是他为了杨雄，还不如说由于他对于潘巧云的怨恨所致。自己是一个顶天立地的汉子，绝没有对于女人的苟且之私，苟且之想，凭空里被潘巧云那么一掇弄，连杨雄都不能相信了。石秀是以拼命三郎称，是以精细著名，心底下是可以压住一时的气，然而终不能无动于衷。于是杀和尚，向杨雄献出了翠屏山之计，哪里是为杨雄打算，实不过是自己泄愤泄冤而已。实在说这也难以讲到兄弟之义上的。可是，为了自己泄愤泄冤，泄愤泄怨，使罪不至死的和尚，罪不至死的潘巧云，再加上一个迎儿，一个小头陀，无端送了四条性命，这也实在够残酷的了。所以说：石秀除了拼命，除了精细，还有他那拼命精细所结合出来的阴狠的性格。这样看，石秀之为人，就不那么单纯，实在是一个复杂的人物，也有他优点和缺点互不相掩的地方哩！

不过，他有一点和别人不同的。谁都知道梁山泊是一个熔炉，许多的好汉，上了山寨，便没有什么事迹表现，这自然由于梁山泊的制度，不是为了表现个人，不应该有个人英雄的存在。但石秀上了梁山，在探庄时，在跳楼时，更是他精细和勇敢的最高的发挥，这样我们又不能不特许石秀了。

行者武松

新　赞

打虎英雄，杀嫂好汉。

十字坡上——没做孙二娘的馒头馅，

快活林中——却成了打手，

做了金眼彪抢码头的把掌片。

呜呼，英雄谱上，这是武二郎的真实的“颂赞”！

武松，清河县人，因为他扮作带发和尚，所以有“行者”的绰号。又因为他有一个哥哥武大郎，江湖上又都称他武二郎。武大郎长得身躯短矮，绰号叫做三寸丁谷树皮。他虽是同胞兄弟，但却身长八尺，一貌堂堂，一身刚骨，满腔侠气，武艺高强，神力勇猛，吃十分酒，更有十分本事。初在柴进庄上，吃了酒，性气刚，庄家有些管顾不到处，他便要下拳打他们。他们告诉了柴进，柴进待他也慢了，宋江到后才又得到柴进重视。他因为思乡，回到清河县去看他哥哥，到了阳谷县景阳岗地面，打了猛虎，知县参他在县里做了都头，遇到了哥哥武大郎，得见嫂嫂潘金莲，拒绝了金莲的勾搭。后因差去东京，回来才知道潘金莲私通西门庆，大郎已被毒死。他人头设祭，先杀了金莲，又大闹狮子楼，杀了西门庆，充配到孟州，在十字坡母夜叉孙二娘的店里，他装做中了毒，制伏了孙二娘，与二娘的丈夫菜园子张青结为弟兄。到了孟州城，结识了金眼彪施恩，因为帮他争快活林码头，醉打了蒋门神。蒋门神的主子张团练和孟州道兵马都监张蒙方是义兄弟，他便被调去做了亲随，受了计骗，押入孟州大牢，刺配恩州。到了飞云浦，杀死解差，血溅了鸳鸯楼，杀死了张都监、张团练、蒋门神等人，夜走蜈蚣岭，又遇到张青、孙二娘，把他扮成了行者模样，赠送了他雪花镔铁戒刀等物，上了二龙山落草。后来三山聚义打青州时，才与花和尚鲁智深一同归了大寨。他在山泊中是步军头领。

读《水浒传》者，从柴进庄，景阳岗，长街遇兄，灵前杀嫂，狮子楼、十字坡、快活林、清平寨、鸳鸯楼、蜈蚣岭……这一连串的故事中，看到了武二郎那一股子刚气，没有人不拍案叫绝，认为此乃千古奇男子也。可是，我们如果仔细地推敲起来，武松之所以为英雄，武松之所以为好汉，在英雄群中，在好汉队里，也未见得就是璞玉纯金，成为完璧者。因为在他的事实中间，还包含了封建的伦理观念，封建的道德观念。这些芜草瑕斑，限制了他的英雄的气魄，蒙蔽了他的淳朴爽朗。他虽然终于走上反抗赵官家的一途，但沿着这些线索去追寻，他在反抗中间另一面却又做封建势力的保卫工作，而毫无保留肯定了他，其实也还是受了这些毒雾岚烟所迷惑哩！

武松之杀潘金莲，论之者誉为替兄报仇，笃于悌道，从这些出发点上做了根据，自然而然便会陷入伦理圈套。且不说金莲之与武大的结合，是在十分勉强而受着感情上的迫害的，武松的认识即使离不开当时社会对于妇女的轻贱凌辱观点，不会同情于金莲的悲剧遭遇。但对于武大郎，亦绝非出之正常。试问既然知道武大讨了这房婆娘，在清河县被浮荡子弟扰得存身不住才迁到阳谷，又有金莲的煮酒勾引，一怒迁出了武大家中，绝不至昏然无所觉于此中悲剧伏根的存在。然而，他却未能以大丈夫真正爽直心性，忠告于兄，开笼放鹤，让自己爱兄之心与他人不爱夫之意，各随其志。更不能防祸于未然，使自己兄长不致遭到惨死，而预为按情按理，得到妥善的处置。直到武大郎丧生之后，才出之于杀嫂一途，以替兄报仇，而博得拥护伦理之徒所谬许。这不但算不得明哲之见，也并不是好汉的行为。

争夺快活林一事，施恩与张团练都是摆码头的“闻人”，张团练仗了豪势，仗了蒋门神的武力，抢了码头，固然是恶霸行为，而施恩之站码头，仗了他老子管营的势力，又何尝不是收地铺钱，索花粉税的土豪作风呢？两者之间，亦不过五十步与百步之比较，基本上又有什么不同？然而，武松以堂堂大丈夫的八尺之躯，不能真正的扶弱济危，为良善百姓打不平，却因为老管营的优待，免了一场杀威棒，送点酒肉面喂他几场，凭空里小管营给他拜了一下，就慌迷莫措，感恩戴德，由施恩父子把他养息的肥肥壮壮，以供使用了。如果是毫无所觉，便是以牛马自待，如果想的周到，更是十足的卖身势家没出息的念头。从这里看武松，也正是豫让所谓智伯以国士待我之意相同，何尝是英雄所为，只不过囿于奴才道德的斗宵之士而已！

他在柴进庄上做食客，既遭冷淡，而不他去，抑郁寂寞，喊出了“客官，客官！我初来时也是‘客官’！”这种自命怀才不遇自售不得的作态，只有惯于帮忙帮闲而不得主子一顾的贱文人才做得出，草莽英雄又果如是乎？打虎之后，县太爷参了他一个小小都头罢了，他便跪禀道：“若蒙恩相抬举，小人终身受赐。”自己更想道：“我本要回清河县去看望哥哥，谁想到来阳谷县做了都头。”只不过当了一名官家的小小的皂隶小厮而已，便这样骄矜自满之色露于言表，让我们只看见一个庸俗不堪的奴才相，又哪里曾有半条打虎英雄的骨架儿呢？

就这些事实去看武松，在梁山泊不但算不了最出色的好汉头儿，那比起了天真朴质农民性格的李逵，豪迈无私湖海英气的鲁智深，一生浸淫在悲剧生涯中的林冲，固不如多多了；即阮氏三雄、刘唐辈之具有痛恨官府，同情弱小，亦有天渊之别。如果说武松是英雄，怕也只有打虎一举而已。可是，这还不过是为了自卫罢了，又何尝真能意识到为一方除害呢？

不过，话还得说回来，武松之为武松，凭这么一条好汉为什么却又如此缺乏真正江湖英雄的本色呢？我们知道，《水浒》一书，源出于说书评话，而经过文人学士士大夫收集贯串而完成者。武松是特赋有士大夫思想的一个，就也是士大夫之辑书者，把他们的精神寄托这一理想的英雄的躯壳之内。因此伦理观念，奴才道德，种种的邪弱，皆在武松身上表现了个周全。那么，武松只是一个士大夫心目中的好汉，便不够草莽英雄的标准了。过去多把武松误作英雄的模范，实在说还是受了这种的障眼法哩！

雁荡山樵陈忱作《后水浒传》于李俊海外建国之后，特书："武行者六和塔叙旧"一回，武松已至暮年，过着摊出脊梁行童与他搔痒的生活。萧让问他道："兄长往日英雄，景阳岗打虎，血溅鸳鸯楼，本事都丢下么？”武松道：“算不得英雄，不过一时粗莽。若在今日，猛虎避了他，张都监这干人还放他不过。”读到这里，未尝不废书三叹，以为山樵乃真懂梁山泊精神者。然而，当我再回头来从《水浒传》中历数一番武松的事实，却又不能不深感山樵对武松是只认识了他能上梁山的一部分，未能窥见全豹。是的，张都监之流害民虐民，杀了他足见梁山的大义所在。然而再追问下去，武松是为谁杀的他？不是百姓，不是被迫害的良民，他只是抢码头“闻人”手下的打手翻英雄的奴才罢了。我想，武松抬起头来看到了梁山招展的义旗，抚心地想一想自己，也终会汗颜吧！

国家新闻出版广电总局
首届向全国推荐中华优秀传统文化普及图书

‖大家小书书目

经典常谈	朱自清　著
语言与文化	罗常培　著
习坎庸言校正	罗　庸　著　杜志勇　校注
鸭池十讲（增订本）	罗　庸　著　杜志勇　编订
古代汉语常识	王　力　著
国学概论新编	谭正璧　编著
文言尺牍入门	谭正璧　著
日用交谊尺牍	谭正璧　著
敦煌学概论	姜亮夫　著
训诂简论	陆宗达　著
金石丛话	施蛰存　著
常识	周有光　著　叶　芳　编
文言津逮	张中行　著
中国字典史略	刘叶秋　著

古典目录学浅说	来新夏 著
闲谈写对联	白化文 著
怎样使用标点符号（增订本）	苏培成 著
诗境浅说	俞陛云 著
唐五代词境浅说	俞陛云 著
北宋词境浅说	俞陛云 著
南宋词境浅说	俞陛云 著
人间词话新注	王国维 著 滕咸惠 校注
苏辛词说	顾 随 著 陈 均 校
诗论	朱光潜 著
唐诗杂论	闻一多 著
诗词格律概要	王 力 著
唐宋词欣赏	夏承焘 著
槐屋古诗说	俞平伯 著
词学十讲	龙榆生 著
词曲概论	龙榆生 著
中国古典诗歌讲稿	浦江清 著 浦汉明 彭书麟 整理

唐人绝句启蒙	李霁野　著
唐宋词启蒙	李霁野　著
古典文学略述	王季思　著　王兆凯　编
古典戏曲略说	王季思　著　王兆凯　编
唐宋词概说	吴世昌　著
宋词赏析	沈祖棻　著
道教徒的诗人李白及其痛苦	李长之　著
闲坐说诗经	金性尧　著
陶渊明批评	萧望卿　著
舒芜说诗	舒　芜　著
名篇词例选说	叶嘉莹　著
唐诗纵横谈	周勋初　著
楚辞讲座	汤炳正　著 汤序波　汤文瑞　整理
好诗不厌百回读	袁行霈　著
山水有清音 ——古代山水田园诗鉴要	葛晓音　著

门外文谈	鲁　迅　著
我的杂学	周作人　著　张丽华　编
论雅俗共赏	朱自清　著
文学概论讲义	老　舍　著
中国文学史导论	罗　庸　著　杜志勇　辑校
给少男少女	李霁野　著
鲁迅批判	李长之　著
英美现代诗谈	王佐良　著　董伯韬　编
三国谈心录	金性尧　著
夜阑话韩柳	金性尧　著
英语学习	李赋宁　著
漫谈西方文学	李赋宁　著
历代笔记概述	刘叶秋　著
笔祸史谈丛	黄　裳　著
古典诗文述略	吴小如　著
有琴一张	资中筠　著
鲁迅作品细读	钱理群　著
唐宋八大家 ——古代散文的典范	葛晓音　选译

红楼梦考证	胡　适　著
《水浒传》与中国社会	萨孟武　著
《西游记》与中国古代政治	萨孟武　著
《红楼梦》与中国旧家庭	萨孟武　著
《金瓶梅》人物	孟　超　著　张光宇　绘
水泊梁山英雄谱	孟　超　著　张光宇　绘
《红楼梦》探源	吴世昌　著
《西游记》漫话	林　庚　著
细说红楼	周绍良　著
红楼小讲	周汝昌　著　周伦玲　整理
曹雪芹的故事	周汝昌　著　周伦玲　整理
古典小说漫稿	吴小如　著
三生石上旧精魂 ——中国古代小说与宗教	白化文　著
《金瓶梅》十二讲	宁宗一　著
古体小说论要	程毅中　著
近体小说论要	程毅中　著
文学的阅读	洪子诚　著
中国戏曲	么书仪　著

中国史学入门	顾颉刚 著 何启君 整理
秦汉的方士与儒生	顾颉刚 著
三国史话	吕思勉 著
史学要论	李大钊 著
中国近代史	蒋廷黻 著
民族与古代中国史	傅斯年 著
五谷史话	万国鼎 著 徐定懿 编
民族文话	郑振铎 著
史料与史学	翦伯赞 著
唐代社会概略	黄现璠 著
清史简述	郑天挺 著
两汉社会生活概述	谢国桢 著
中国文化与中国的兵	雷海宗 著
两宋史纲	张荫麟 著
明史简述	吴 晗 著
北宋政治改革家王安石	邓广铭 著
从紫禁城到故宫 ——营建、艺术、史事	单士元 著
史学遗产六讲	白寿彝 著

司马迁之人格与风格	李长之　著
司马迁	季镇淮　著
唐王朝的崛起与兴盛	汪　篯　著
二千年间	胡　绳　著
论三国人物	方诗铭　著
考古发现与中西文化交流	宿　白　著
中国古代国家的历史特征	张传玺　著
艺术、神话与祭祀	张光直　著 刘　静　乌鲁木加甫　译
中国古代衣食住行	许嘉璐　著
中国古代史学十讲	瞿林东　著
黄宾虹论画	黄宾虹　著
中国绘画史	陈师曾　著
和青年朋友谈书法	沈尹默　著
中国画法研究	吕凤子　著
桥梁史话	茅以升　著
中国戏剧史讲座	周贻白　著
俞平伯说昆曲	俞平伯　著　陈　均　编

新建筑与流派	童　寯　著		
论园	童　寯　著		
拙匠随笔	梁思成　著	林　洙	编
中国建筑艺术	梁思成　著	林　洙	编
沈从文讲文物	沈从文　著	王　风	编
中国画的艺术	徐悲鸿　著	马小起	编
中国绘画史纲	傅抱石　著		
中国舞蹈史话	常任侠　著		
海上丝路与文化交流	常任侠　著		
世界美术名作二十讲	傅　雷　著		
中国画论体系及其批评	李长之　著		
金石书画漫谈	启　功　著	赵仁珪	编
吞山怀谷 ——中国山水园林的艺术	汪菊渊　著		
中国古代音乐与舞蹈	阴法鲁　著	刘玉才	编
梓翁说园	陈从周　著		
旧戏新谈	黄　裳　著		
民间年画十五讲	王树村　著	姜彦文	编
民间美术与民俗	王树村　著	姜彦文	编

长城史话	罗哲文　著
中国古园林概说	罗哲文　著
现代建筑奠基人	罗小未　著
世界桥梁趣谈	唐寰澄　著
如何欣赏一座桥	唐寰澄　著
桥梁的故事	唐寰澄　著
园林的意境	周维权　著
万方安和 ——皇家园林的故事	周维权　著
现代建筑的故事	吴焕加　著
中国古代建筑概说	傅熹年　著
国学救亡讲演录	章太炎　著　蒙　木　编
简易哲学纲要	蔡元培　著
大学教育	蔡元培　著 北大元培学院　编
老子、孔子、墨子及其学派	梁启超　著
中国政治思想史	吕思勉　著
天道与人文	竺可桢　著　施爱东　编

春秋战国思想史话	嵇文甫　著
晚明思想史论	嵇文甫　著
新人生论	冯友兰　著
中国哲学与未来世界哲学	冯友兰　著
谈美书简	朱光潜　著
中国古代心理学思想	潘　菽　著
民俗与迷信	江绍原　著　陈泳超　整理
佛教基本知识	周叔迦　著
儒学述要	罗　庸　著　杜志勇　整理
希腊漫话	罗念生　著
佛教常识答问	赵朴初　著
大一统与儒家思想	杨向奎　著
孔子的故事	李长之　著
西洋哲学史	李长之　著
乡土中国	费孝通　著
社会调查自白	费孝通　著
经学常谈	屈守元　著
墨子与墨家	任继愈　著
汉化佛教与佛寺	白化文　著
中西之交	陈乐民　著

出版说明

“大家小书”多是一代大家的经典著作，在还属于手抄的著述年代里，每个字都是经过作者精琢细磨之后所拣选的。为尊重作者写作习惯和遣词风格、尊重语言文字自身发展流变的规律，为读者提供一个可靠的版本，“大家小书”对于已经经典化的作品不进行现代汉语的规范化处理。

提请读者特别注意。

北京出版社